OHSAMA BUNKO

眠れないほどおもしろい やばい文豪

板野博行

三笠書房

はじめに——酒も女も、挫折も借金も……全部「小説のネタ」だった!?

みなさんは、日本の「文豪」といえば誰を思い浮かべるだろうか？

多くの人が「文豪」と聞いて思い浮かべるのは、**夏目漱石**《なつめそうせき》と**森鷗外**《もりおうがい》の二大文豪を筆頭に、**芥川龍之介**《あくたがわりゅうのすけ》、**谷崎潤一郎**《たにざきじゅんいちろう》、**三島由紀夫**《みしまゆきお》あたりではないだろうか。

中学校や高校の教科書にも多く掲載されているこれらの作家たちは、優れた作品を遺《のこ》した紛《まぎ》れもない「文豪」といえる。しかし、その私生活はしっちゃかめっちゃかの場合が多かった。

ある者は女に走り、薬に逃げ、ある者は泥酔《でいすい》して殴り合いのケンカをし、借金を踏み倒す。挙句の果てに（割腹《かっぷく》）自殺や心中をするなど、やりたい放題。いくら天才作家だからといって、ここまでやっていいものか……。

子供の頃は神童と呼ばれるほど優秀で才能に溢《あふ》れるも、思春期に「文学」に目覚めることでエリートコースからドロップアウトし、社会不適合者となっていく……これが典型的な**「やばい文豪」**コースだ。

天才ゆえの苦悩といえば聞こえはいいものの、現代の私たちから見れば、**ただの「クズ」**。

しかし、そうした私生活の破綻《はたん》があるからこそ書かれた素晴らしい作品があるのも事実だ。社会の矛盾をあばき、人間の真実を追究するためには、そうしたしっちゃかめっちゃかさも必要だったのかもしれない。

また、明治～昭和の時代は、「結核」という不治の病が存在し、**樋口一葉**《ひぐちいちよう》や**石川啄木**《いしかわたくぼく》、**中原中也**《なかはらちゆうや》や**梶井基次郎**《かじいもとじろう》など、「これから!!」という作家が若くして結核で亡くなっている（一九三〇年代後半から一九四〇年代まで、結核は「死の病」と恐れられ、日本人の死因の第一位だった）。貧乏生活の中で文学を志し、結核に侵《おか》されながら命を懸けて書き綴《つづ》った作品には、熱き血が通っている。

本書では、作家の私生活における「やばいエピソード」を中心に記している。

酒や薬に溺《おぼ》れ、異性問題で失敗し、お金に困窮《こんきゅう》して借金まみれになる。

文学のためとはいえ、家族や人間関係を破綻させ、その不道徳を堂々と作品に描く……これは日本独自ともいわれている「**私小説**」の世界だ。

そこでは作品に出てくる**主人公がほぼイコール作家本人**、という図式が成り立っている。ただし、本書に出てくる作家がすべて私小説作家ではないので、作品と作家の私生活とをすべてリンクさせて読む必要はない。

しかし、作家の人となりや置かれていた時代背景などを知ることで、作品に興味を持ち、立体的に理解できるところが出てくるはずだ。

これを機に、文豪たちの遺した素晴らしい作品を実際に手に取って読んでみてほしい。きっとそこに何かを感じ、考えさせられ、そして人生を豊かにしてくれるものを見つけることができるはずだ。

本書がその一助となることを心より願っている。

板野博行

もくじ

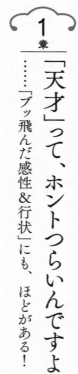

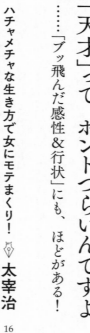

2章 「愛欲生活」すなわち「文章修業」!?
……先生方、それはちょっとハッチャケすぎでは――？

3章

「金の苦労」が、あの名作を生んだ！

……「追い詰められる」ほどに冴えわたる才能!?

4章
「ピュアすぎる」のも考えもの
……どうしても〝突き詰めず〟にはいられない！

5章

「変人たちのボス」はやっぱり変人

……「君臨する」気持ちよさって、癖になっちゃう！

コラム

イラストレーション◆ほししんいち

1章

「天才」って、ホントつらいんですよ

……「ブッ飛んだ感性&行状」にも、ほどがある！

ハチャメチャな生き方で女にモテまくり！

太宰治

生《うま》れて、すみません。

『二十世紀旗手』でこう書いた**太宰治**《だざいおさむ》は、知られているだけでも生涯に自殺未遂を四回繰り返し、五回目の入水《じゅすい》でとうとう亡くなった。

日頃から「自殺したい、自殺したい」と言い続けた太宰の、「五度目の正直」だった。太宰も最後に自殺を成就《じょうじゅ》させたという意味では、本懐《ほんかい》を遂げたといえるのではないだろうか。

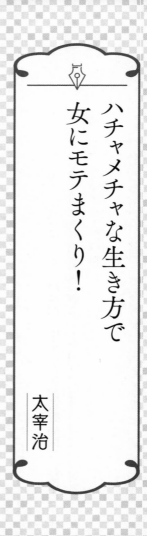

彼の「**自殺未遂遍歴**」は次のようなものだ。

①一回目……二十歳。旧制弘前《ひろさき》高校三年生。下宿でカルモチン（鎮静催眠薬）を嚥下《えんげ》し、昏睡《こんすい》状態後に助けられる。思想的な悩みが理由か。

②二回目……二十一歳。銀座で出会った十八歳の女給の田辺《たなべ》あつみと鎌倉の海岸でカルモチン心中を図る。太宰は助かるも、田辺は絶命。生家の津島《つしま》家から分家除籍されたのが理由か。

③三回目……二十五歳。鶴岡《つるがおか》八幡宮の裏山で縊死《いし》を図る。しかし紐《ひも》が切れて未遂。東大を落第し、仕送りを打ち切られることを恐れて新聞社の採用試験を受けるも失敗したのが理由か。

④四回目……二十七歳。太宰がパビナール（鎮痛剤）中毒のため武蔵野《むさしの》病院に入院中、内縁の妻・小山初代《こやまはつよ》が親戚の美大生と通じていたことを知り、衝撃を受ける。妻とともに谷川岳山麓《たにがわだけさんろく》でカルモチン心中を図るが未遂に終わり、妻とは離別。

⑤五回目……三十八歳。山崎富栄《やまざきとみえ》とともに入水自殺。

「超エリート一家」への反発⁉ でも仕送り額は「月に百万円」！

彼が「自殺マニア」になってしまった背景には、生まれ育ちが絡《から》んでいる。

太宰治記念館「斜陽館《しゃようかん》」として、今も青森県五所川原《ごしょがわら》市の金木町《かなぎまち》に残る生家は、総ヒバ造りでまるで大きな御殿のようだ。

衆議院（貴族院）議員であった太宰の父は大地主で、「金木の殿様」と呼ばれたほどであった。そんな父は多忙で、母は病弱だったため、太宰は乳母《うば》や子守に育てられた。兄はのちに衆議院議員や青森県知事になる優秀な人である。

弘前高校に進学した太宰は、こうしたお金持ちでエリート意識を持つ父や兄に対して反発し、プロレタリア文学や社会主義思想に傾倒して大地主を批判する文章を書いた。さらに自暴自棄になってカルモチンを大量に飲み自殺を図るなど、若さに任せてしたい放題の放蕩《ほうとう》息子だった。

それでも名門一家の息子として、帳尻を合わせるために、東大仏文科を受験した。

しかし、受験勉強などまるでしていなかった太宰は、試験官に事情を話し、格別の配慮で入学を許可してもらうという体たらくだった。なんとか東大に入れた太宰は、とりあえず「文学の道で生きる」という名目を立てて作家・井伏鱒二《いぶせますじ》に師事した。

ところが上京した太宰がやったことは、勉学でも文学修業でもなく、バーの女給・田辺あつみと懇意になって心中を試みることだった。

太宰はすでに経験済みのカルモチンを服用して自殺を図るが、死亡したのはあつみのみ。太宰は助かって療養所に送られている。今なら大スキャンダルだ。

まだ二十歳そこそこなのに、すでに二度の自殺未遂を経験し、一度は相手の女性を死に追いやっているにもかかわらず、懲《こ》りない太宰は、芸者・小山初代と同棲を始めるなど、いっそう退廃《たいはい》的な生活へと落ち込んでいった。

そこで死を意識し、遺書としての小説を書き始めたのが、のちに『晩年』としてまとめられたものだ。『晩年』について、太宰は『もの思う葦《あし》』で次のように回想している。

「晩年」は、私の最初の小説集なのです。もう、これが、私の唯一の遺著になるだらうと思ひましたから、題も、「晩年」として置いたのです。

この当時、太宰が実家から送ってもらっていた仕送り額は毎月百二十円。高給取りだった大卒の初任給が五十円前後であったことを考えると、今のお金に直して毎月百万円近い金額になる。

そのお金で毎日のように飲み歩いていた太宰は、**悪友・檀一雄《だんかずお》**と足しげく通った玉《たま》の井《い》（現在の東京都墨田区にあった私娼街《ししょうがい》）でこんなことを言っている。

「檀くん。二三人の男と通じた女は、これや、ひどい。穢《きた》ないもんだ。だけど千人と通じた女は、こりゃ、君、処女より純潔なもんだ」（檀一雄『小説 太宰治』）

芥川賞落選！ 選考委員の選評に「刺す」

自堕落《じだらく》な日々を送っていた太宰だったが、東大を落第し、仕送りを打ち切られる可能性が出てきて、ようやく「なんとかせねば」と重い腰を上げる。

そこで試みたのが就職でも勉学でもなく、三回目の自殺なのだから、やはりどこか変わっている。この自殺騒動は、前述のごとく失敗。いよいよ追い込まれた太宰は、起死回生の策として、本気で作家として立つことを考える。

ちょうどこの頃、菊池寛《きくちかん》によって制定された**芥川賞**と**直木賞**が、文壇の登竜門《とうりゅうもん》として大々的な宣伝をしてスタートを切ることになっていた。

太宰は記念すべき第一回の芥川賞候補に選ばれたものの、結果は落選。石川達三《いしかわたつぞう》が『蒼氓《そうぼう》』で受賞した。その際、選考委員であった**川端康成《かわばたやすなり》の太宰に対する選評**は次のようなものだった。


作者目下の生活に厭《いや》な雲ありて、才能の素直に発せざる憾《うら》みあつた。

これに対して太宰は激怒した。川端を名指しして、

刺す。さうも思つた。大悪党だと思つた。(「川端康成へ」)

とまで書いた。もはや、脅迫《きょうはく》だ。

実際、太宰の生活は「厭な雲」どころか荒れ果てていたのだから、逆恨《さかうら》みのような気もするが……。そして二回目の芥川賞には候補にすら上らなかった。

焦《あせ》った太宰は、今度は同じく選考委員である佐藤春夫《さとうはるお》に宛《あ》てて手紙を送る。

佐藤さん、私を忘れないで下さい。私を見殺しにしないで下さい。

佐藤春夫に届いた巻紙の書簡は、なんと**長さ四メートル**に及ぶ。こんな重すぎる手紙を受け取って、佐藤もさぞ頭が痛かったに違いない。

太宰は芥川賞を切望するが、とうとう受賞できなかった。

「没落貴族との恋愛」をセキララに語りベストセラー作家に！

その後、恩師である井伏の紹介で石原美知子《いしはらみちこ》と結婚すると、生活が安定し、その影響からか、作品も明るく透明感のあるものに変わった。この時期の作品には**『富嶽《ふがく》百**

景』『走れメロス』など教科書でも知られる名作が多い。

太宰は、坂口安吾《さかぐちあんご》、檀一雄、織田《おだ》作之助《さくのすけ》らとともに**「無頼《ぶらい》派」「新戯《しんげ》作《さく》派」**と呼ばれるようになり、人気作家になっていく。

当時愛人だった太田《おおた》静子《しずこ》の日記を下敷きにして書いた**『斜陽』**は、滅びていく没落貴族の女性が新たな倫理を希《き》求《きゅう》する姿を描き、「斜陽族」という流行語が生まれるほどの評判となった。

「刺す。そうも思った」
芥川賞落選で選考委員の川端康成を名指しで大攻撃

だが、戦後民主主義の建前の下、文壇はもちろん、国民が戦前のように同じ方向へ流されていくのを見て絶望し、太宰は再び破滅的な生き方へと傾斜していってしまう。流行作家としての扱いや、安定した生活は彼の望むところではなかったのだ。

太宰の健康は酒や薬物によって蝕《むしば》まれ、妻子ある身で愛人を持ち、さらに子供までもうけている（太田静子との間に子供が生まれ認知している）。破滅していく己《おのれ》を見つめながら、太宰は一九四八（昭和二十三）年『**人間失格**』を書いた。

この自伝的小説において、彼は罪と苦悩の自画像を自虐的なまでに語った。

人間、失格。
もはや、自分は、完全に、人間で無くなりました。（中略）
ただ、一さいは過ぎて行きます。

玉川上水に愛人と！　絶筆のタイトルは『グッド・バイ』

太宰の浮気は一人だけではすまなかった。

妻と子、さらには愛人を捨てて、美貌の美容師・山崎富栄を毒牙にかけた。

二人が出会った時、太宰は**「死ぬ気で恋愛してみないか」**と富栄に告白した。妻子と愛人がいる人との恋愛は、富栄にとって死ぬ覚悟を持ってのスタートだった。
心身ともに衰弱していく太宰を献身《けんしん》的に看護した富栄だったが、いよいよ限界を迎えた。彼女は、玉川上水へ身を投げる前に、太宰の愛人・太田静子に宛てて手紙を送っている。

太宰さんはお弱いかたなので、貴女やわたしや、その他の人達まで、おつくし出来ないのです。わたしは太宰さんが好きなので、ご一緒に死にます。

太宰は三十八歳、富栄は二十八歳の若さ

だった。

赤い紐で結ばれた二人の遺体を引き上げてみると、富栄の美しい顔は鬼の形相《ぎょうそう》、一方の太宰は穏やかな表情だったという。

当時、連載中だった小説のタイトルは、『**グッド・バイ**』。雑誌編集者の主人公が、愛人たちと手を切るため、「すごい美人」に妻のふりをしてもらうというドタバタ劇だ。奇《く》しくも、このタイトルが、太宰が最後に読者に残した言葉となった。

発見された六月十九日は太宰の三十九歳の誕生日に当たる。この日は、彼の好物だったさくらんぼにちなんで「桜桃忌《おうとうき》」と呼ばれている。


太宰治（一九〇九－一九四八） 現在の青森県五所川原市出身。旧制弘前高等学校から東京帝国大学文学部仏文学科へと進むが、学費未納のため除籍。坂口安吾、織田作之助、檀一雄らとともに「無頼派」「新戯作派」と称された。代表作に、『走れメロス』『ヴィヨンの妻』『斜陽』『人間失格』などがある。玉川上水において愛人の山崎富栄と入水自殺した。享年三十八歳。

滅びの美学を表明！「憂国」の天才作家

三島由紀夫

「先生のためには、いつでも自分は命を捨てます」

そう語っていた森田必勝《もりたまさかつ》の介錯《かいしゃく》で、**三島由紀夫《みしまゆきお》**は割腹自殺を遂げた。

正確には、必勝は三太刀《たち》振るったが三島を絶命させられず、近くにいた古賀浩靖《こがひろやす》が一太刀振るってとどめを刺した。

こうして世界的な文学者の頭と胴体は、永遠に切り離された。

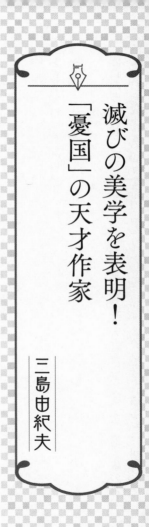

「楯の会」隊員とともに自衛隊市ヶ谷駐屯地に乱入！

少し時間を遡《さかのぼ》ろう。事件は一九七〇（昭和四十五）年十一月二十五日に起きた。「楯《たて》の会」隊員四名とともに、東京の陸上自衛隊市ヶ谷駐屯地を訪れ、計画に沿って東部方面総監を監禁した三島は、バルコニーで檄文《げきぶん》を撒《ま》き、クーデターを促す演説を十分間ほどした。

騒ぎを聞きつけて集まって来た自衛隊員たちを前にした演説は、拡声器を使わず肉声だったため、隊員たちの怒号とヤジにかき消され、ほとんど聞こえなかったという。

お前ら聞けぇ、聞けぇ！

それでも武士かぁ！

隊員たちに決起を呼びかけるも、三島の志に共感する者はいなかった。他人事のように自らを見上げる面々を目の当《ま》たりにした三島は、「天皇陛下万歳」と三回叫んだ後、総監室に戻って割腹自殺を遂げた。
堂々たる切腹だった。

「もったいない死に方をしたものです」

この時、介錯した森田必勝も後を追って割腹して亡くなった。三島は四十五歳、必勝はまだ早稲田大学在学中で二十五歳の若さだった。二人の遺体を前に、人質とされていた総監も敬意を表して正座をし、瞑目合掌《めいもくがっしょう》したという。

自衛隊市ヶ谷駐屯地で演説する三島。演説は隊員たちの怒号とヤジにかき消された

三島自決の一報を受け、三島の師であった**川端康成**はすぐに現場に駆けつけた。

「もったいない死に方をしたものです」と語った川端は、年若い弟子であり友人でもあった三島の死に、ショックを受けたに違いない。

この事件は世界中に大きな衝撃を与えた。

三島には、滅《ほろ》びの美学と切腹の様子を描いた『憂国《ゆうこく》』という作品がある。この作品について、生前三島は、こう書いている。


もし、忙しい人が、三島の小説の中から一編だけ、三島のよいところ悪いところすべてを凝縮したエキスのような小説を読みたいと求めたら、『憂国』の一編を読んでもらえばよい。（『花ざかりの森・憂国』〈新潮文庫〉解説）

ムキムキボディを誇示！ 理由は「死の本質」を示すため

三島は、世界的作家として一九六五（昭和四十）年度の**ノーベル文学賞候補**にその名が挙がっていた。その時期、彼は本業の作家活動とは別に、**肉体改造のためのボディビルに剣道、そして自衛隊体験入隊**と、活動の幅を広げていた。

やがて三島は一万人規模の民兵組織を構想し、血判状まで作って「祖国防衛隊」を組織しようとした。

この組織構想を元に、一九六八（昭和四十三）年に結成されたのが、民兵組織「楯の会」だ。

ボディビル、剣道で鍛えた「鋼の肉体」で死の本質を示そうとした三島

書斎の哲学者が、いかに死を思ひめぐらしても、死の認識能力の前提をなす肉体的勇気と縁がなければ、つひにその本質の片鱗《へんりん》をもつかむことがないだらう。

『太陽と鉄』でこう書いた三島は、その言葉の通り、書斎を出て、自身の肉体と行動で「死の本質」を示した。

「僕は太宰さんの文学はきらいなんです」天才対決の行方は!?

三島は、学習院高等科を首席で卒業し、式に臨席した昭和天皇から恩賜《おんし》の銀時計を拝受したほどの秀才だった。

十六歳の時には小説『**花ざかりの森**』を発表するほどの早熟の天才で、鎌倉に住む川端康成を訪ねてその才能を認められ、生涯の師弟関係となる。

東大在学中、三島は誘われて**太宰治に会いに行く機会**を得た。当時の太宰は売れっ子作家である。だが三島は、太宰のデカダン（退廃的）な生活を「自意識過剰な自己戯作にすぎない」と批判していたので、太宰に会うことに対して、「**懐《ふところ》に匕首《あいくち》を呑《の》んで出かけるテロリスト的心境**であった」と回顧している。

時に太宰三十七歳、三島二十一歳。太宰は、いつものように酔っ払って持論を展開し上機嫌になっていた。そんな彼に、三島はあらかじめ明言しようと決めていた決定的な言葉を発した。

「僕は太宰さんの文学はきらひなんです」（『私の遍歴時代』）

一回り以上も歳の離れた作家に対して啖呵《たんか》を切るのだから、なかなか度胸がある。

これに対して太宰は、次のように答えた。

「そんなことを言つたつて、かうして来てるんだから、やつぱり好きなんだよな。なあ、やつぱり好きなんだ」

怒るでもなく、笑うでもなく、いかにも太宰らしい言い方だ。

それに対して、若者らしい熱のこもった反発をうまくかわされてしまった形の三島は、次のように分析している。

ただ、私と太宰氏のちがひは、ひいては二人の文学のちがひは、私は金輪際《こんりんざい》、「かうして来てるんだから、好きなんだ」などとは言はないだらうことである。

三島と太宰、二人の天才の一度きりの出会いだった。

その後、三島は東京大学法学部を卒業して大蔵省（現・財務省）に入省したが、作家と官僚の無理な二重生活は続かず、一年足らずで大蔵省を辞めた。

以前は作家になることを反対していた父にもようやく認められ、満を持して作家稼業に専念することになった。

作家生命を懸けた渾身《こんしん》の書き下ろし長編『**仮面の告白**』は、**同性愛の苦悩を告白した問題作**で、三島はこの作品によって文壇で認められることになった。その後も精力的に作品を発表し続け、『**潮騒**《しおさい》』『**金閣寺**』などで次々に文学賞を受賞した。

そのまま生きて作品を発表し続けていれば、間違いなく川端に続くノーベル文学賞の受賞者となっていただろう。残念この上ない。

なお、市ヶ谷駐屯地で割腹自殺をした一九七〇（昭和四十五）年十一月二十五日という日は、皇国主義者の三島にとって大きな意味のある日だった。

それは、一九二一（大正十）年に昭和天皇が大正天皇の摂政に就《せっしょうつ》いた日であること、また昭和天皇が戦後「人間宣言」をしたのが、この時の三島と同じ四十五歳だったこと、そして尊敬していた吉田松陰《よしだしょういん》の刑死の日を新暦に置き換えた日に相当することだ。日本の敗戦を告げる玉音《ぎょくおん》放送に涙してから一カ月の頃、自身のノートに、

「日本的非合理の温存のみが、百年後世界文化に貢献するであらう」(「八月二十一日のアリバイ」)

と記した二十歳の平岡公威《ひらおかきみたけ》こと、のちの三島由紀夫。彼の予言した百年後の世界はどうなっているであろうか。

三島由紀夫(一九二五－一九七〇) 現在の東京都新宿区出身。東京大学法学部を卒業したのち、大蔵省に入省するも一年足らずで辞し、作家活動に入る。戦後の文学界を代表する作家の一人。代表作は小説『仮面の告白』『金閣寺』『豊饒《ほうじょう》の海』、戯曲『近代能楽集』など多数。陸上自衛隊市ヶ谷駐屯地にて割腹自殺。享年四十五歳。

ギョロ目のノーベル賞作家はちょっとロリコン!?

川端康成

一九七二（昭和四十七）年四月十六日夜。

その日、**川端康成**《かわばたやすなり》は七十二歳でガス自殺した。

ガス管をくわえたまま息絶えていたとも、そうでなかったとも……。

その死の動機についてはさまざまな説があるが、**弟子の三島由紀夫の割腹事件**が何らかの影を落としているのは間違いないだろう。

川端の自殺から遡ること一年半、一九七〇（昭和四十五）年十一月二十五日。三島は陸上自衛隊市ヶ谷駐屯地において東部方面総監を監禁し、バルコニーで隊員に向け

ノーベル賞を受ける川端康成。日本人初の文学賞受賞者となった

てクーデターを促す演説をしたのちに割腹自殺を遂げた。

築地本願寺で行なわれた三島の葬儀・告別式において葬儀委員長を務めた川端は、無二の親友だった横光利一《よこみつりいち》と並べて弟子の三島のことをも**「年少の無二の師友《しゆう》」**と呼び、その死を惜しんだ。

また川端は、一九六八（昭和四十三）年十月に日本人初のノーベル文学賞を受賞した際には、報道陣のインタビューに対して、

「三島由紀夫君が若すぎるということのおかげです」

と謙遜して答えている。ノーベル文学賞

は本来、三島に対して与えられるべきものが、年功序列でまず師匠の川端に回って来た、という解釈だが、あながち間違いではないだろう。

十三歳の可憐な女給にゾッコン！　婚約するも……

三歳までに両親を亡くし、七歳で祖母、十歳で姉を亡くし、十五歳でついに祖父にも先立たれた川端は、孤独な人だった。

それだけに温かい家庭に対する想いが強く、二十二歳の時に十五歳の伊藤初代《いとうはつよ》と婚約している。

出会いは、初代が勤めていた本郷のカフェ・エランだった。

川端はお酒があまり飲めず、もっぱらコーヒー党だった。一高（第一高等学校。現・東京大学教養学部）の友人たちとカフェ・エランに通い詰めるが、お目当ては「ちよ」「ちいちゃん」と呼ばれる可憐《かれん》な女給初代だった。

当時、**川端二十歳、初代は十三歳。うーん、ちょっとロリコン……。**

川端は初代にプロポーズし、初代も承諾した……はずだった。夢にまで見た新婚生活の準備に奔走《ほんそう》していた時、初代から信じられない手紙が届く。

私は今、あなた様におことわり致したいことがあるのです。私はあなた様とかたくお約束を致しましたが、私には或《あ》る非常があるのです。（中略）その非常を話すくらゐなら、私は死んだはうがどんなに幸福でせう。（『非常』）

一方的に婚約破棄《はき》を告げる手紙を受け取った川端は、茫然自失《ぼうぜんじしつ》となりながらも、この事態をなんとか回避しようと試みる。だが、初代からは「さやうなら」と永遠の別れを告げる手紙を受け取ることになった（初代の手紙での「非常」とは、強姦事件であったことが後年わかっている）。

その後、初代は浅草のカフェ・アメリカに移り、評判の高さから「クイーン」と呼ばれた。未練を断ち切れない川端は何度か初代と接触を試みるが、果たせぬままとうとう関係は断たれてしまう。

初代はカフェ・アメリカの支配人と結婚し子供を二人もうけたのち、夫に先立たれ、再婚して子供をさらに六人もうけたが、うち三人が夭折《ようせつ》し、計五人の子を育てた。

生活に困窮した初代は、作家として成功していた川端の元を訪ね、長女を養女にしてくれるよう申し出をしたが断られ、極貧のうちに四十四歳で亡くなった。

川端には自伝的作品群があるが、特に初代を題材にした作品は、「みち子もの」、あるいは「ちよもの」と呼ばれている。

鋭い眼光で家賃滞納！ 菊池寛に金を無心！

早くに両親を亡くして祖父母に大切に育てられた川端は、**神童ぶり**を発揮しながら、中学二年生の時には早くも作家を志すようになる。それと同時に、白内障《はくないしょう》で盲目となった祖父と何年も暮らしていたことに影響されたのか、**じっと人の顔を見つめる癖**《くせ》も形成された。

写真を見ればわかるが、川端の大きく鋭い目は特徴的で、じっと相手を長く見つめる癖があった。

大学時代には、こんなエピソードもある。

家賃を滞納し続ける川端の元に、家主のおばあさんが家賃の催促に来た。おばあさんは文句を言い、支払いを急《せ》かすが、川端は座ったまま無言でおばあさんを凝視し続けるばかり。いくら言葉を重ねても、何の返事もなく、ただ大きな目でじっと見るだけなので、おばあさんもとうとう根負けし、退散したという。

他にも、同人誌を作る印刷代を菊池寛に借りに行った時、出し渋る菊池に対して鋭い眼光を放ちながら三十分おきくらいに、

「……菊池さん、カネ」

と言って、ついに金を出させたそうだ。

また、初めて訪れた女性編集者に対して、

何も話さずただジロジロと見つめた結果、その女性編集者が耐えきれず泣き出したとか、ギョロ目に関するエピソードは枚挙にいとまがない。

川端には生来《せいらい》不思議な力が宿っていたという。それは明日の天気を当てたりするというような、ちょっとした予知能力の類《たぐい》だったが、その大きな目には常人とは違うものが見えていたのかもしれない。

名作『伊豆の踊子』は宿賃を踏み倒しまくって生まれた⁉

川端は、横光利一らとともに**「新感覚派」**と呼ばれる。その名の通り、斬新《ざんしん》な感覚をもって記された文体は、**日本的抒情《じょじょう》文学の最高峰**ともいえるだろう。

特に川端の作品の冒頭部分は、印象的で有名なものが多い。

国境の長いトンネルを抜けると雪国であつた。夜の底が白くなつた。信号所に汽車が止まつた。

『雪国』を読んだことのない人でも知っているであろうこの冒頭文は、読者自身が汽車に乗って長いトンネルを抜け、突然目の前に真っ白い雪の景色が広がった、という体験をしているかのような感覚を与える。

道がつづら折りになつて、いよいよ天城峠《あまぎとうげ》に近づいたと思ふ頃、雨脚が杉の密林を白く染めながら、すさまじい早さで麓《ふもと》から私を追つて来た。

これも有名な『伊豆の踊子《おどりこ》』の冒頭だが、雨脚が「私」を追って来る様子が、これほどまでリアルに感じられるのは、超一流の筆力によるものだろう。

この『伊豆の踊子』を書くために、伊豆の湯ケ島《ゆがしま》温泉の旅館に何度も泊まった川端だが、まだ東京帝国大学の一学生にすぎなかったにもかかわらず、宿賃を一円も入れずに平気で二年くらい逗留《とうりゅう》したというのだから恐れ入る。

川端は借金の天才でもあった。ある日突然、文藝春秋社の編集部に現われ、金庫に入っているお金を全部持って行ったことがある。

それも、ごまかしたり言い訳したりもせず、社長に「金庫にあるだけの金を貸してほしい」と正面突破で頼んだのだから驚きだ。後で何に使ったのかと聞かれると、「好きな壺《つぼ》を買った」と答えたという……今のお金に直すと二千万円もの大金だ。

ノーベル賞の賞金も、もらう前にそれをあてにして骨董品《こっとうひん》を買い漁《あさ》った。結果、賞金二千万円に対して、購入金額はなんと一億円超え。

こんな川端なのだから、その死後、骨董屋に数千万もの未払い金が残されていたのは、当然といえば当然のことだっただろう。

川端康成（一八九九－一九七二）大阪府大阪市出身。第一高等学校から東京帝国大学文学部英文学科に入学し、転科して国文科卒。横光利一と並んで「新感覚派」と呼ばれた。大正から戦前・戦後にかけて長く活躍し、一九六八（昭和四十三）年に日本人初のノーベル文学賞を受賞。代表作は、『伊豆の踊子』『雪国』『山の音』『古都』など。ガス自殺。享年七十二歳。

「狂気」に飲み込まれる前に死んでしまいたい

芥川龍之介

芥川龍之介《あくたがわりゅうのすけ》は、自殺する直前に、友人の久米《くめ》正雄《まさお》に宛てた遺書「或《ある》旧友へ送る手記」で自殺の理由を書き送っている。

少《すく》なくとも僕の場合は唯《ただ》ぼんやりした不安である。何か僕の将来に対する唯ぼんやりした不安である。

この**「ぼんやりした不安」**という言葉は、当時の日本社会に、**今なら流行語大賞は**

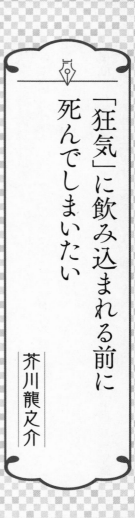

確実、というほどのインパクトを与えた。

事実、芥川が自殺したことにショックを受けた若者たちの後追い自殺が相次ぎ、宗教になぞらえて**「芥川宗」**とも呼ばれたほどだ。

また、自殺した一九二七（昭和二）年は、昭和金融恐慌が起きるなど、世相が暗い方向へと傾き始めた年でもあり、「ぼんやりした不安」という言葉が暗示する、漠然《ばくぜん》とした恐怖や閉塞《へいそく》感に共感した若者も多かったのだろう。

この「或旧友へ送る手記」の中に書かれている自殺の手段に関する考察が面白い。

縊死……美的嫌悪のため断念。
溺死《できし》……水泳が得意なため断念。
轢死《れきし》……美的嫌悪のため断念。
ピストルやナイフ……手が震えて失敗する可能性があるので断念。
ビルの上からの飛び下り……見苦しいので断念。

僕はこれ等の事情により、薬品を用ひて死ぬことにした。（中略）美的嫌悪を与へない外《ほか》に蘇生する危険のない利益を持つてゐる。

炸裂するナルシシズム!「みずから神にしたい一人だった」

ここまで芥川を自殺に固執《こしつ》させたのは、**発狂への恐怖**だった。

芥川の実母は、彼がまだ十歳だった時に、精神に異常をきたして死んでいる。愛する母が精神を蝕まれていくのを目の当たりにした芥川少年の恐怖と絶望は、いかほどだったか……。

発狂への恐怖におびえていた芥川龍之介。「美的嫌悪を与えない」ために服毒自殺を選んだ

狂死するくらいなら自死を選ぶ……遺稿となった「或旧友へ送る手記」の中で、自分の天才ぶりを誇らしげに「**みずから神にしたい一人だった**」と回想するナルシスト芥川は、きっちりと小説『**続西《せい》方《ほう》の人**』を書き上げたのち、一九二七(昭和二)年七月二十四日未

明、現在の東京都北区、田端《たばた》にあった自宅で自殺した。

使用した薬品については、ベロナールとジェノアルとする説と青酸カリ説とがあるが、どちらにせよ「或旧友へ送る手記」に書かれている通り、服毒自殺だった。

自身の子供たちに宛てた遺書にはこう書かれていた。


人生は死に至る戦ひなることを忘るべからず。

巨根でモテモテ！　日記に記された「背徳のラブライフ」

写真を見てもわかるように、芥川はカッコいい。当然モテモテだ。さらに彼は友人たちの間で「巨根」として知られていた。

東京帝大在学中に青山女学院（現・青山学院）英文科卒の吉田弥生《よしだやよい》という女性と親しくなり、結婚を考えるが、芥川家の猛反対で断念する。

その後二十七歳で結婚し、長男・比呂志《ひろし》（俳優・演出家）、次男・多加志《たかし》、三男・也寸志《やすし》（作曲家）と順調に子供が生まれるのだが、幸せな家庭生活のかたわら、芥川は、実は姦通《かんつう》を行なっていた。

相手は、秀《ひで》しげ子という歌人の女性で、芥川は彼女のことを日記で「愁人《しゅうじん》」（恋人）と呼んだ。

午後江口を訪《おとな》ふ。後始めて愁人と会す。（中略）心緒《しんしょ》乱れて止まず。

愁人と再会す。（「我鬼窟日録」）

不倫の末、しげ子には子供ができる。

当時、北原白秋《きたはらはくしゅう》が「姦通罪」で告訴され、世間からバッシングを受けるという事件が起きていた。他人ごとではない……「これはあなたの子供よ」と、しげ子に言われ、芥川はその脅しにおびえることになる。

そこで彼の取った行動は、大阪毎日新聞社の海外視察員として、上海《シャンハイ》、蘇州《そしゅう》、北京《ペキン》などへの、三カ月間に及ぶ中国旅行という名の逃避行だった。旅の途中で自殺も考えたようだが、結局果たせずに帰国した。

芥川にとって、さらに悪いことは続く。

・一九二一（大正十）年、胃腸障害、神経衰弱、痔疾《じしつ》を患《わずら》う。この三つは死ぬまで持病と化す。「痔猛烈に再発、昨夜呻吟《しんぎん》して眠られず。」と書き記している

・一九二六（大正十五）年、胃潰瘍《かいよう》、神経衰弱、不眠症が昂《こう》じる

・一九二七（昭和二）年、義兄が放火と保険金詐欺の嫌疑をかけられて鉄道自殺。多額の借金と扶養すべき遺族が残される

・同年、芥川の秘書を務めていた平松麻素子《ひらまつますこ》と帝国ホテルで心中未遂事件を起こす

ただでさえ神経衰弱気味だった芥川は、多くの扶養家族と思わぬ多額の借金を背負わされた。お金のために売文業《ばいぶん》にいそしみながら、心も体も病んでいく。

妻の友人でもあった秘書の平松麻素子との心中は、二度とも未遂に終わった。芥川の苦悩に同情した麻素子だったが、自殺を実行する直前になって怖くなり、芥川の友人や妻に自殺の計画があることを告げてしまったのだ。

「僕はこの二年ばかりの間は死ぬことばかり考へつづけた」と追い詰められ、骨と皮

だけの骸骨《がいこつ》のようなありさまになった夫を見た妻は、夫の自殺を予感するようになったという。

谷崎との文学論争！　小説は芸術？　エンターテインメント？

自殺の年、芥川は谷崎潤一郎《たにざきじゅんいちろう》と文学史上有名な論争を行なっている。「物語の面白さ」が小説では一番重要だと主張する谷崎に対して、芥川は評論『**文芸的な、余りに文芸的な**』で、「物語の面白さ」は小説の質には関係ないと反論した。「話らしい話のない」純粋な小説というものに価値があると……。

「エンターテインメント」を求める谷崎と、「芸術性」を求める芥川、という構図だ。実に興味深い論争だが、これは芥川の自殺で永遠に中断してしまい、結論が出ることはなかった。

水洟《みづばな》や　鼻の先だけ　暮れ残る

芥川は死ぬ前日にこの句を短冊《たんざく》に書いた。

芥川には夏目漱石《なつめそうせき》に絶賛された『**鼻**』という短編小説があるが、その主人公の細長い鼻がモチーフになっているのだろうか。

芥川の葬儀で友人総代として弔辞《ちょうじ》を読んだのは、第一高等学校以来の付き合いがあった**菊池寛**だった。菊池は芥川の名を残すため、彼の死の八年後、新人文学賞**「芥川龍之介賞」**を設けた。

ちなみに、芥川の命日の七月二十四日は、代表作『**河童**《かっぱ》』から取って「河童忌」と称される。


芥川龍之介（一八九二－一九二七） 現在の東京都中央区出身。第一高等学校から東京帝国大学文学部英文学科へ進み、同人誌『新思潮』（第三、四次）を刊行する。在学中に『羅生門《らしょうもん》』を発表、夏目漱石門下に入る。大阪毎日新聞社に入社し創作に専念する。代表作は『鼻』『羅生門』『芋粥《いもがゆ》』『地獄変』『河童』『杜子春《とししゅん》』など。服毒自殺。享年三十五歳。

ケンカ上等!! 神童、かくして悪童になる

中原中せ

中原中也《なかはらちゅうや》に「宿酔《ふつかよい》」という詩がある。

朝、鈍い日が照ってて
　風がある。
千の天使が
　バスケットボールする。

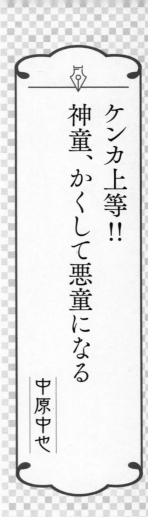

中也といえば、**中性的な魅力をたたえる美少年**の写真（57ページ参照）をイメージする人が多いだろう。だが、写真から受けるイメージの柔らかさとは裏腹に、**酒癖の悪さは相当なもの**で、文学仲間たちはほとほと手を焼いていた。

坂口安吾なんて、初対面で中也に殴りかかられている。

太宰の家を夜襲！　檀一雄にコテンパンに！

特に**太宰治に対しては攻撃的で、取っ組み合いのケンカをしたり、家に夜襲をかけたりと、やりたい放題**だった。自分に似たものを感じた近親憎悪とでもいうべきものだろう。見かねた檀一雄が中也を投げ飛ばしたシーンが『小説 太宰治』に書かれている。

「この野郎」と、中原は私に喰《く》ってかかった。他愛のない、腕力である。雪の上に放り投げた。

「わかったよ。おめえは強え」

中原は雪を払いながら、恨めしそうに、そう云った。

檀は太宰の盟友《めいゆう》ともいえる無頼派作家の一人だが、元来は体育会系で腕っぷしが強かった。一方の中也は小柄で弱っちい文学青年。まったく勝負にならなかった。

中也は、**初めから負けるとわかっているケンカを売る無茶な男**だった。文士の間ではまるで「手のかかるワガママな末っ子」といった風情《ふぜい》だ。

だが、そうした向こう見ずな性格は、酒を飲み始めたら止まらない自分を、誰かに止めてもらいたいという弱さの裏返しだったのかもしれない。

名家の坊ちゃんの「お決まりの堕落コース」を驀進！

中也は代々医者の名家に生まれたものの、おとなしく勉強していたのは十歳ちょっとまで。

天才のお決まりのコースとして、名門の旧制山口中学（現・山口高等学校）時代には早くも酒と煙草を覚えて不良になり、落第して京都の立命館中学（現・立命館高等学校）へと編入させられた。

そこで更生して真面目に勉強する……はずもなく、十六歳にして三歳年上の女優・長谷川泰子《はせがわやすこ》と知り合い同棲生活を始めた。

かつて神童と呼ばれた少年の、絵に描いたような堕落っぷりだ。

それでも母親は愛する悪童息子のために、仕送りを続けた（現在の貨幣価値に直して毎月五十万円以上！）。結局、中也は一度も定職に就かず、作家として生前受け取った印税は、フランスの詩人ランボーの翻訳本のものだけだった。

だらしない中也に愛想を尽かした泰子は、のちに批評家として有名になる、新たな恋人の小林秀雄《こばやしひでお》の元に逃げてしまう。その後泰子は、さらに別の男との間に子供をもうけた。なんと、その子の命名をしたのは他でもない、中也だったというのだから驚きだ。

「ゆあーん　ゆよーん　ゆやゆよん」天才的感性にも金は集まらず

中也は、女にフラれた後も詩作だけは継続していた。

二十五歳の時、初の詩集『**山羊《やぎ》の歌**』の出版を思い立った中也は、友人たちに寄付を募《つの》って初版二百部を印刷する計画を立てた。

ところが、その寄付には十名ほどしか申し込みがなかった。

中也の酒乱ぶりを知る友人たちの多くは、お金を出してもどうせ飲み代に消えるに決まっていると考えて寄付しなかったのだ。**人望がなさすぎるぞ中也!!**


その後、結婚し子供も生まれた中也は、やっと自分の処女詩集『山羊の歌』を詩人で彫刻家の高《たか》村《むら》光太郎《こうたろう》（199ページ参照）の装丁で発売することができた。ただし印税はもらっていない。

この『山羊の歌』の中の「**サーカス**」は、本人が自信作だといって周りに吹聴した作品だ。

イメージは、中性的な魅力をたたえる美少年。実際は、酒癖の悪さが際立つダメ男

独特のオノマトペ（擬声語）の、「ゆあーん　ゆよーん　ゆやゆよん」の箇所を酔っ払って詠《えい》じる時、中也は仰向いて目をつぶり、口を突き出して、独特の調子をつけて周りに唄って聞かせたという。

「死んで見ると、やっぱり中原だ、ねえ。段違いだ」

そんな中、長男が二歳で亡くなり、ショックを受けた中也は精神に変調をきたし始める。**「愛するものが死んだ時には、自殺しなけあなりません」**（「春日狂想《しゅんじつきょうそう》」）と始まる作品を発表するなど、不安定な日々が続いた。

第二詩集の『**在《あ》りし日の歌**』の原稿清書を終えた頃から体調はさらに悪化。結核性の脳膜炎で亡くなった。

ホラホラ、これが僕の骨だ、
生きていた時の苦労にみちた
あのけがらはしい肉を破つて、

しらじらと雨に洗はれ、
ヌックと出た、骨の尖《さき》。

これは中也が二十七歳の誕生日を迎える前日に作った「骨」という詩だ。
犬猿の仲だった太宰治は、中也の死に際して、檀一雄に「死んで見ると、やっぱり中原だ、ねえ。段違いだ」と、その才能を惜しみながら語ったという。

中原中也（一九〇七-一九三七）現在の山口市出身。日本大学予科、中央大学予科などを経て東京外国語学校（現・東京外国語大学）専修科仏語部修了。生前刊行された自著は、詩集『山羊の歌』だけ。第二詩集『在りし日の歌』は、死の翌年出版された。訳詩では『ランボオ詩集』が有名。享年三十歳。

知の巨人は「痴の巨人」でもあった？

森鷗外

森鷗外《もりおうがい》の遺言には、次のような有名な文言が書かれている。

余ハ石見《いわみ》人《じん》森林太郎《りんたろう》トシテ死セント欲《ほっ》ス

ここでいう「石見人」というのは、石見国津和野《つわの》（現・島根県鹿足郡《かのあしぐん》津和野町）のことだ。津和野は、すぐ隣が長州（現・山口県）、という位置にある。時は明治、政府の高官は薩長閥《さっちょうばつ》で占められていた。

隣接する長州にさえ生まれていれば、ラクに出世できるのに……。**鷗外こと林太郎の神童ぶり**を見て、両親は歯ぎしりをした。森家の家名を上げ、林太郎を立身出世させることこそ悲願。そこで、代々藩医を務めていた森家は津和野を捨てて、一家で上京する。

「森家」は林太郎にすべてを懸けた。

そして、わずか十歳で上京した林太郎は、森家のその期待に応えた。

・年齢を二歳上にサバを読み、現在の東大医学部に進学
・十九歳という若さで東大を卒業後、軍医となりドイツに留学
・細菌学の権威コッホに師事する一方、近代西欧の思想や文学も吸収して帰国
・その後、いろいろありながらも陸軍軍医総監まで昇進

鷗外は、十歳で津和野を出てから一度も故郷に戻ることなく東京で没した。晩年、病が進行する中、死ぬ一カ月前まできちんと公務をこなしたのは、真面目で几帳面な鷗外らしい。期待に応え、十分な立身出世を果たしたように見えるが、最期《さいご》の言葉は、

馬鹿らしい！　馬鹿らしい！

だった。ペンネームの「森鷗外」ではなく、本名の「森林太郎」として死にたいと願った通り、墓には「森林太郎墓」とのみ刻《こく》された。順風満帆《じゅんぷうまんぱん》のエリートのように見える鷗外も、心の中には鬱屈《うっくつ》したものを抱えていたのだろうか……。

ドイツ留学中の〝恋愛の後始末〟は親族の手で

二十六歳でドイツから帰国した鷗外は、自身の留学体験に材を取った雅文体《がぶんたい》（江戸時代に書かれた、平安時代の仮名文を模した文体のこと）の恋愛小説『舞姫』を発表した。

『舞姫』では、主人公は、留学先でドイツ人女性エリスと恋に落ちるも、彼女とお腹の子を捨て、帰国してしまう。教科書などで読んだことがある人も多いだろう。

鷗外自身も、留学中に「エリーゼ」という名のドイツ人女性と恋に落ちた。

エリーゼは、帰国した鷗外を追って単身来日した。しかし、鷗外の出世を考えた鷗外の親族たちが彼女を説得し、ドイツへと帰らせている。

二十歳そこその女性が、単身ドイツから日本まで恋人を追ってやって来た気持ちを思うと、なにやら切ないものがあるが、当時の鷗外の置かれていた立場を考えれば仕方のないことなのだろう……ただ、せめて二人を一目でも会わせてやりたかった。

文壇の常識「鷗外は、精力絶倫」

やがて軍医の最高位にまで登り詰めた鷗外は、当時流行していた自然主義の人生観に対抗しようと、小説『**ヰ《ゐ》タ・セクスアリス**』を発表した。

このタイトルは「**性欲的生活**」を意味するラテン語で、その内容も、ある哲学者の若き日の「性欲的生活の歴史」が手記の形式で語られるといったものだ。

主人公は金井という哲学者だが、多分に鷗外の自伝的性格が強いといわれている。

僕は此頃《このごろ》悪い事を覚えた。（中略）強ひて彼《か》の可笑《おか》しな画《え》なんぞを想像して、反復して見た。今度は頭痛ばかりではなくて、動悸《どうき》がする。

これは主人公が十四歳の時にオナニーを試みた描写だ。「彼の可笑しな画」というのは「春画」のことだろう。オナニーしすぎで頭痛どころか動悸までしたというのは、いくらなんでも「反復」しすぎの感じもするが……。

そして、主人公は二十歳の時に童貞を喪失する。

婆あさんは柔かに、しかも反抗の出来ないやうに、僕を横にならせてしまつた。僕は白状する。（中略）僕の抗抵力を麻痺させたのは、慥《たしか》に僕の性欲であつた。

今からすればそれほど過激とは思われないが、当時は卑猥《ひわい》だとして**発禁処分**を受けてしまった。と同時に、**鷗外は精力絶倫であるということが文壇では常識となった。**

鷗外は、**ドイツで細菌学を学んだためか異常なまでの潔癖症**で、何もかも煮たり焼いたりして消毒済みのものしか食べず、果ては果物までも煮て食べた。焼き芋は「消毒済み」ということで大好きだった。

鷗外は**大の甘党**でもあり、「甘いもの」と「ご飯」の組み合わせが大好きだった。大好物二つを同時に味わうために鷗外が編み出したのは、お饅頭《まんじゅう》をご飯の上にのせ、煎茶《せんちゃ》をかけて食べるという**「饅頭茶漬」**だった。

森鷗外（一八六二―一九二二） 現在の島根県鹿足郡津和野町出身。津和野藩の御典医の家に生まれ、東京大学医学部を卒業後軍医となり、陸軍軍医総監まで昇進した。ドイツ留学後、訳詩集『於母影《おもかげ》』、小説『舞姫』などを発表。のち、歴史小説や史伝へと転じた。晩年、帝室博物館総長や帝国美術院初代院長なども歴任した。享年六十歳。

元祖ニート！結婚後も親にたかりまくる

萩原朔太郎

詩集『**月に吠《ほ》える**』で近代の口語自由詩を確立させた**萩原朔太郎**《はぎわらさくたろう》は、幼い頃から神経質で孤独を好む少年だった。文才はあったが、学校の成績はひどいものだった。

・地元の旧制前橋中学を落第
・熊本の第五高等学校に入学するも再び落第
・岡山の第六高等学校に転校し、またまた落第
・その後、慶應義塾大学予科に入学するも直後に退学

・翌年、慶應義塾大学予科に再入学するも、結局中途退学

まったくもって学業に見込みなしの不良学生。それでも長々と学生生活が送れたのは、高い評判をとっていた開業医の父の援助があったからだ。

朔太郎は、定職に就くでもなく、まして医師の道を目指すでもなく、かといって文学で稼ぐわけでもない。**結婚してからも毎月父親からお金をもらって生活していたのだから、今ならニートと**呼ばれてもおかしくない。

自宅の味噌蔵《みそぐら》を改造した書斎の中で、自分でデザインした机と椅子を使って好きに詩を書き、趣味のマンドリンを奏《かな》でて暮らす優雅な日々。

ただ、さすがに親のすねをかじっての文学修業も、周囲の目が厳しくなってきて、三十歳を過ぎると生活も限界に……。そこで朔太郎は満を持して第一詩集『月に吠える』を自費（といっても親のお金）で出版した。

さすがニート歴十年超！「近代人の孤独と絶望」に肉迫！

朔太郎は『月に吠える』で、従来の日本語の詩にはなかった独自の口語体の象徴的

詩境を開拓し、詩壇に確固たる地位を確立した。

かたき地面に竹が生《は》え、
地上にするどく竹が生え、
まつしぐらに竹が生え、
凍れる節節りんりんと、
青空のもとに竹が生え、
竹、竹、竹が生え。

ここで朔太郎は、近代人の内面にまで深く入り込んだ詩を書いた。さすが**ニート歴十年以上のベテラン**だ。

病める神経で深く沈潜し、孤独と絶望の淵《ふち》で思索した成果が表われている。続く詩集『青猫《あおねこ》』では、憂鬱《ゆううつ》と倦怠《けんたい》感の漂う世界を歌うなどして、**「日本近代詩の父」**と称されるようになった。

弟子・三好達治が美人妹に求婚！

ところで、朔太郎の妹に求婚した男がいた。「雪」という詩で有名な**三好達治**《みよしたつじ》だ。

太郎を眠らせ、太郎の屋根に雪ふりつむ。
次郎を眠らせ、次郎の屋根に雪ふりつむ。

朔太郎本人もかなりのイケメンだが、妹四人も美人で評判だった。朔太郎の弟子だった達治は、末妹のアイに一目惚《ぼ》れして求婚するが、まだ東大を卒業したばかりで生活能力がなかったため、反対されて

「日本近代詩の父」は、
ニート歴十年超の大ベテラン

断念した。

しかし、その後も諦めず何度もアプローチし続けた結果、達治四十一歳、アイ三十七歳の時、ようやく結婚にこぎつけた。萩原朔太郎と三好達治が義兄弟になったのだ。日本の詩壇史上、画期的な出来事だった。

ところが生活面の不満や性格の不一致の結果、達治は暴力を振るうようになり、わずか数年でアイと離婚してしまう。あれほど大好きだったアイとの結婚生活に破れた達治は絶望し、孤独のうちに心臓発作で亡くなった。

ママに溺愛された〝死ぬまで甘えん坊〟の男

前橋から再上京して、門人や書生を抱える一人前の文士の生活をしていた朔太郎だが、妻と離婚し前橋の実家に帰ってからは、生活が荒廃していく。そうした中、古典の詩論を発表し、『氷島《ひょうとう》』では漢文訓読調の文語体への回帰をみせた。

日は断崖《だんがい》の上に登り

憂《うれ》ひは陸橋の下を低く歩めり。

四十三歳の時に父が亡くなり、その遺産で東京に家を建てた（羨《うらや》ましい）朔太郎は、明治大学文芸科講師となり、やっと生活が安定した。二度の離婚を経て三度目の結婚をしたが、籍は入れなかった。

酒好きで、外で飲むとへべれけになり、家で飲むと酔っては畳一面を濡らすくらいこぼす。母に溺愛されて育った彼は、いつまでも甘えん坊の子供のようだった。

朔太郎は、五十五歳の時に急性肺炎で死去した。

死後、書斎の鍵《かぎ》のかかった引き出しを開けてみると、入っていたのは大切な原稿……ではなく、生前夢中になっていた**手品の道具の数々**だった。

萩原朔太郎（一八八六－一九四二） 現在の群馬県前橋市出身。裕福な開業医の家に生まれ、落第に次ぐ落第を繰り返した末に慶應義塾大学予科退学。詩集『月に吠える』『青猫』で近代の口語自由詩を完成させ、「日本近代詩の父」と称されるが、その後『氷島』で漢文訓読調の文語体へと回帰した。享年五十五歳。

ソドム（背徳）の徒が仕込んだ「檸檬」爆弾！

梶井基次郎

昨日は酒をのんだ、そしてソドムの徒《と》となった。

これは、**梶井基次郎**《かじいもとじろう》の日記の一節だ。「ソドム」とは、『旧約聖書』に登場する、性の乱れが蔓延して神に滅ぼされた都市のことで、「背徳」の象徴である。**「ソドムの徒」となった日というのは、遊郭**《ゆうかく》**で童貞を喪失した日**のことを意味している。

基次郎は三高（京都大学の前身）の理科に入学するが、勉強はそっちのけで文学と遊郭通いと酒に熱中した。

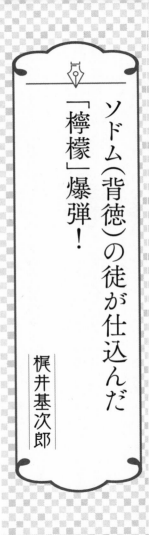

当時の旧制高校生たちの気風として、西洋風に洗練された軟派な「ハイカラ」とは正反対の、粗野で野蛮な振舞のバンカラ（蛮殻、蛮カラ）がよしとされていた。キザな優等生よりも、ヤンキーのほうがかっこいい……と思うのは、なんとなくわかる。

基次郎はそんな**三高のバンカラ気風**に染まり、「弊衣破帽《へいいはぼう》」姿で街を闊歩《かっぽ》した。弊衣破帽とは、着古して擦《す》り切れた学生服（弊衣）の上にマントを羽織り、破れた学帽（破帽）を被《かぶ》ること。さらに基次郎は腰には手拭《てぬぐ》い、高下駄を履《は》き、学校の内外で暴れまわった。泥酔してラーメン屋の屋台を引っくり返す、料理屋の床の間の掛物《かけもの》に唾《つば》を吐きかける、果てはお店の池に飛び込んで鯉《こい》を追っかけ回す……。〝出禁《できん》〟になった店は一つや二つではない。しまいには家賃を踏み倒して下宿から逃亡したりと、周りの友人たちもあきれ返るレベルの退廃的生活を送り、結局、東京帝大に進んだが中退してしまう。まさに、「ソドムの徒」そのものだった。

「原稿用紙、たった十三枚」でその名を文学史上に刻む

そんなバンカラな振舞とは対照的に、基次郎は繊細な詩心を内包していた。

彼の代表作であり、「私小説」の名作中の名作、『檸檬《れもん》』を紹介しよう。

えたいの知れない不吉な塊が私の心を始終圧《おさ》へつけてゐた。（中略）何かが私を居堪《いたたま》らずさせるのだ。それで始終私は街から街を浮浪し続けてゐた。

「不吉な塊」に心を押さえつけられながら京都の街を彷徨《さまよ》い続ける私（基次郎）は、ある果物屋に入って檸檬を一つ買った。そして丸善書店に入って行き、棚から重い画集を何冊も取り出した。

高く積み上がった本によって、色とりどりの「城」が完成する。

基次郎は、その上に檸檬をのせ、何食わぬ顔で店を出る。

丸善の棚へ黄金色に輝く恐ろしい爆弾を仕掛《しかけ》て来た奇怪な悪漢が私で、もう十分後にはあの丸善が美術の棚を中心として大爆発をするのだつたらどんなに面白いだらう。

今、同じことをして動画をYouTubeにアップしたら、「非常識だ！」と非難轟轟《ごうごう》だろう。しかし、画集の上に置かれた檸檬爆弾は、とても美しい幻想的な場面だ。

この**文学史上きっての名シーン**は、それを読んだ多くの若者の想像力を刺激した。

基次郎は、**四百字詰原稿用紙でたった十三枚の短編小説『檸檬』によって、日本文学史上に永遠にその名を刻んだ**のだ。

「三角関係のもつれ」で決闘！

基次郎は、十九歳の時に肺結核を発病してから三十一歳で亡くなるまで、次第に重くなる病魔との闘いに明け暮れた。

ある時、川端康成の勧めで伊豆の湯ヶ島で静養していた基次郎は、小説家の**尾崎士郎**《おざきしろう》と**宇野千代**《うのちよ》夫妻と知り合った。千代は小説家でありながらデザイナーでもあり、コケティッシュな魅力を持つ才女だ。基次郎はそんな千代に心惹《ひ》かれ、彼女の元を何度も訪れた。

若い小説家と、彼に慕《した》われる人妻というスキャンダルにぴったりの組み合わせは、文士の間で噂の的になっていた。そんな中、基次郎が東京に戻ってあるパーティーに出席した時、あろうことか想い人の夫である尾崎と鉢合わせする。二人は**千代をめぐって「決闘」**することになった。

一触即発の事態だったが、周りのとりなしもあって殴り合い寸前で事なきを得た。この事件の後、尾崎と千代は別れ、基次郎は大喀血《かっけつ》した。喧嘩両成敗というところか。

「私は面食いだから」才女・千代とは肉体関係なし

後年、宇野千代は小説家・瀬戸内《せとうち》寂聴《じゃくちょう》のインタビューに対して、**基次郎との間には肉体関係はなかった**と答えている。

理由は、**「私は面食いだから」**（笑）。

千代には波瀾万丈の人生を記す『生きて行く私』という自叙伝があるが、その中で披露される多くの男性遍歴を見ると、確かに千代の好きになった男性はハンサムばかりだ。

一方、基次郎自身も自分がブ男であることは自覚していたようだ。

それにしても、そこまでハッキリ言わなくても……。

「粗野な手」が生み出した「繊細な文章」

梶井基次郎の想い人、宇野千代。面食いの千代との肉体関係はなかったらしい

基次郎の作品は心境小説（作者が自己の心境を日常生活の描写の中に表現したもの）が多いが、そのバンカラな行動とは裏腹に鋭敏繊細な感受性による詩人的側面の作品が多く、読み手を魅了する。

『桜の樹《き》の下には』はこんな風に始まっている。

桜の樹の下には屍体が埋まってゐる！
これは信じていいことなんだよ。何故つて、桜の花があんなにも見事に咲くなんて信じられないことぢやないか。

基次郎は、生涯にわずか二十篇ほどの短編小説を残して、肺結核のため死亡した。生前、原稿料を受け取ったのはたった一度だけの基次郎だが、死後その評価は高まるばかりだ。

梶井基次郎（一九〇一－一九三二）大阪府大阪市出身。第三高等学校から東京帝国大学文学部英文科に進み、中退。遺されている作品は、私小説風の短編二十篇余りのみだが、死後高い評価を受ける。代表作に、『檸檬』『城のある町にて』『桜の樹の下には』など。肺結核のため早世。享年三十一歳。

コラム

作家の子供たち

文壇で二世作家として思い浮かぶのが、まず幸田《こうだ》露《ろ》伴《はん》と幸田文《あや》の父娘だろう。父の露伴は尾《お》崎《ざき》紅《こう》葉《よう》と並び称された文豪だが、娘の幸田文も父に関する名随筆で注目を集め、『流れる』などの小説も書き、作家となった。さらに文の娘・青木《あおき》玉《たま》も随筆家、またその娘の青木奈《な》緒《お》はドイツ文学畑のエッセイストである。

次に思い浮かべるのが、森鷗外と森茉《ま》莉《り》の父娘だ。鷗外二人目の妻の長女として生まれた茉莉は二度の離婚を経たのち、五十歳を過ぎてから独自の美学を持つエッセイスト、小説家として作家の仲間入りを果たした。茉莉の息子・山田《やまだ》爵《じゃく》はフランス文学者であり、東京大学総長でもあった蓮實《はすみ》重彦《しげひこ》の師でもある。

太宰治の娘二人もハズせない。母親が違うので名字が違うが、津《つ》島《しま》佑《ゆう》子《こ》と太田《おおた》治子《はるこ》の二人が作家となっている。特に津島佑子のほうは、父同様、芥川賞、直木賞には縁がなかったものの、田《た》村《むら》俊《とし》子《こ》賞を始めとして泉《いずみ》鏡《きょう》花《か》文学賞、川端康成文学賞、谷崎潤一郎賞など錚々《そうそう》たる文学賞を総なめにしている。

最近の有名な文士親子も取り上げていこう。

吉本《よしもと》ばななの父は詩人で評論家の吉本隆明《たかあき》だ。東京工業大学という理系の大学を卒業して、『荒地《あれち》詩集』に参加し詩人としてスタートしたが、その後は幅広い分野で評論や思想活動を行なった。次女の吉本ばななは作家として有名だが、長女もハルノ宵《よい》子《こ》という漫画家だ。

小説家・井上光晴《いのうえみつはる》の娘が直木賞作家の井上荒野《あれの》、エッセイスト江國滋《えくにしげる》の娘の江國香《か》織《おり》も直木賞を受賞し、活躍している。作家ではないが、檀一雄の娘・檀ふみと阿川弘《あがわひろ》之《ゆき》の娘・阿川佐和子《さわこ》とは仲良しで、それぞれ女優やパーソナリティーとして大活躍している。

父と娘のコンビが優勢な中、父と息子はというと、歌人斎藤茂吉《さいとうもきち》の息子が芥川賞作家の北杜夫《きたもりお》。詩人で評論家の大岡信《おおおかまこと》の息子、大岡玲《あきら》も芥川賞を受賞、小説家・詩人の福永武彦《ふくながたけひこ》の息子・池澤夏樹《いけざわなつき》も芥川賞を受賞している。

文壇は「親の七光り」だけでは生きていけない実力勝負の世界だが、その厳しい世界で、多くの作家が親に負けない活躍をしている。

2章

「愛欲生活」すなわち「文章修業」!?

……先生方、それはちょっとハッチャケすぎでは――?

性的倒錯のめくるめく世界へ！

谷崎潤一郎

谷崎潤一郎《たにざきじゅんいちろう》は生涯で三度結婚した。

最初の妻・千代《ちよ》は芸者だった。しかし結婚後、谷崎は千代の妹・葉山三千子《はやまみちこ》と関係を持ってしまう。三千子はのちに『**痴人**《ちじん》**の愛**』**のナオミのモデル**にもなった。

二人目の妻・丁未子《とみこ》は『文藝春秋』の記者で、アイドル並みの可愛らしさ。しかし、短期間で谷崎に捨てられる。

三人目の妻・松子《まつこ》は旧家の御寮人《ごりょうにん》さん。松子とその姉妹をモデルに、日本版『若草物語』ともいえる小説『**細雪**《ささめゆき》』を書いた。なかなか贅沢《ぜいたく》な結婚歴だ。

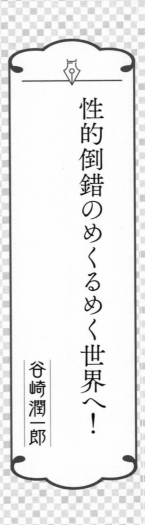

「女は『神』か『玩具』のいずれかである」

最初の妻・千代に関しては、佐藤春夫《さとうはるお》との間で「小田原事件」と「細君譲渡事件」を起こしている（257ページ参照）。

二人目の妻・丁未子は谷崎より二十一歳も年下で、今見てもかなりの美貌《びぼう》の持ち主だが、キャリアウーマンだけに家庭的ではなかった。谷崎は健啖《けんたん》家で、天ぷらや鰻《うなぎ》、中華料理などが大好物だったから、おそらく丁未子夫人は料理と夜の生活で夫を満足させられなかったのだろう。彼女との生活の間、谷崎の筆はあまり進まず、わずか二年で別居している。

官能美の世界を追求、濃艶に描写した谷崎潤一郎。その結婚歴は贅沢の極み

三人目の妻の松子とはW《ダブル》不倫の末に結婚した。ここでやっと生活は安定し、『春琴抄《しゅんきんしょう》』『細雪』などの名作、谷崎版『源氏物

語』を次々と発表していく。

女といふものは神であるか玩具《がんぐ》であるかの孰《いず》れかであつて、(『蓼喰《たでく》ふ虫』)

谷崎にとって、『痴人の愛』のモデルになった三千子や、『細雪』のモデルになった松子とその妹たちは「神」であり、丁未子は「玩具」だったのだろうか。

しかし、最後のミューズになった松子とて、妊娠した時、二人の芸術的な生活を壊したくないと言って堕胎《だたい》させたという(虚構という説もある)。

芸術のために悪魔に魂を売った男、いや正確には、己のエゴを貫き、良心の呵責《かしやく》という言葉は彼の辞書に載っていない変態男、谷崎潤一郎、恐るべし。

「女の足」へのフェチ度が半端ないって!

谷崎は「神童」と言われた少年時代を過ごし、東京帝国大学国文科に進むが、父が事業に失敗したため経済的に困窮し、学費未納により中退した。

その頃同人誌『新思潮』に書いた**『刺《し》青《せい》』が永井荷風《ながいかふう》に激賞**され、新進作家としての地歩を固めていった。今読んでも、この作品がまだ二十四歳になったばかりの若者の筆によるものとは、とうてい思えないデキだ。

理想の女性を見つけた主人公・清吉の目に映る女の足の官能美の描写がすごい。

> 拇指《おやゆび》から起って小指に終る繊細な五本の指の整ひ方、絵の島の海辺で獲れるうすべに色の貝にも劣らぬ爪の色合ひ、珠のやうな踵《きびす》のまる味《み》、清冽《せいれつ》な岩間の水が絶えず足下を洗ふかと疑はれる皮膚の潤沢。

処女作にして**フェティシズムを極めた谷崎**は、その後も旺盛な作家活動を展開し、荷風とともに**「耽美派《たんび》」**と呼ばれるようになる。

美しい女の「奴隷」になりたい！

やがてフェチを超え、変態ぶりを発揮し、ついに**悪魔主義**とも呼ばれるようになった**谷崎潤一郎文学の集大成といえるのが、『痴人の愛』**だ。

これは、少女ナオミを自分好みに育てたいと思っていた男が、逆に奴隷《どれい》となって破滅していくさまを描いた、あらすじだけでもなんともスキャンダラスな作品だ。

ある時、男がナオミの匂い立つエロティシズムの誘惑に負け、自分を馬にして乗ってくれと頼んで四つん這《ば》いになってしまった。完全にマゾの世界だ。

ナオミは男の上に馬乗りになりながら、絶対服従を誓わせる。


「此《こ》れから何でも云ふことを聴くか」

「うん、聴く」

「あたしが要るだけ、いくらでもお金を出すか」

「出す」

「あたしに好きな事をさせるか、一々干渉なんかしないか」

「しない」


ナオミのモデルと目されている人物は、前述の通り、最初の妻の妹であった葉山三千子だ。三千子は確かに妖婦で魔性《ましよう》の女であった。

しかし、三千子はまだ十四歳だ。

そんな少女をモデルに、こんな**みだらな行為**を繰り広げるとは……おい谷崎、犯罪だぞ!!

結局、三千子にフラれ、妻の千代にも妹同様の悪魔的な魅力を求めたが、千代はそれに応えられなかった（当たり前だ）。

失望した谷崎は、佐藤春夫に妻を譲ると一度は約束していたにもかかわらず、それを反故《ほご》にする。

これに対して佐藤は激怒し、落胆した。しかしのちに和解し、晴れて佐藤は千代を妻とする（257ページ参照）。

失神注意！マゾヒズムの極致『春琴抄』

その後も谷崎の変態ぶりと、女性崇拝は文学の中でも私生活でも続いていく。

『春琴抄』において描かれる世界は、女性の美の永遠化、マゾヒズムの極致。変態文学中級者以下の人が読むと失神するかもしれないので注意が必要だ。

執筆当時の谷崎は、二人目の美貌の妻・丁未子がいながら、人妻の松子との関係が深まっていた。松子にすべてを捧げるという恋文が残されている。

御寮人様の忠僕として、もちろん私の生命、身体、家族、兄弟の収入などすべて御寮人様の御所有となし、お側にお使いさせていただきたく、お願い申し上げます。

今なら「文豪谷崎、W不倫!!」と「文春砲」が炸裂《さくれつ》すること間違いなし。

その後、文壇で「大谷崎《おおたにざき》」と呼ばれ、「文豪」の名をほしいままにした谷崎は、文化勲章を受章し、何度もノーベル文学賞候補になるなど、日本を代表する巨匠となった。

谷崎潤一郎（一八八六－一九六五）現在の東京都中央区日本橋出身。第一高等学校から東京帝国大学国文科に進むが中退。明治末期から昭和中期までの長期間執筆活動を続けた日本を代表する文豪の一人。代表作は『刺青』『痴人の愛』『春琴抄』『細雪』『少将滋幹《しげもと》の母』『陰翳礼讃《いんえいらいさん》』など多数。ノーベル文学賞候補に数回挙げられている。享年七十九歳。

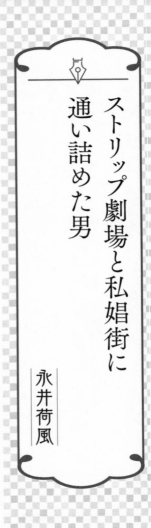

ストリップ劇場と私娼街に通い詰めた男

永井荷風

永井荷風《ながいかふう》は、三十七歳の時に「余生」を送る決心をして身辺整理を始める。そして**『断腸亭日乗』**《だんちょうていにちじょう》と題した日記を書き始めた。

病弱で死が近いことを自覚した荷風の予想は大きくハズれ、七十九歳の死の前日まで、実に四十二年もの間（一九一七〈大正六〉～一九五九〈昭和三十四〉年）、ほぼ毎日『断腸亭日乗』を書き綴ることになる。

その日食べたものの値段から人の悪口まで書き記していたのだから、几帳面というか、執念深いというか……。

五十七歳にして「回春」に目覚める！

最初は鉛筆で手帳にメモし、次にそれを万年筆でノートに書き写す。そして、最後に推敲《すいこう》しながら筆で和紙に書く、という三段階を経て日記は書き残された。これではもはや日記というより〝作品〟だ。

五十七歳になった時、遺書とも呼ぶべき「終焉《しゅうえん》の時の事」を書き記した。

余死する時葬式無用なり。……

墓石建立亦《また》無用なり。

自分を老人と自覚し「死」を意識したはずの荷風だったが、この年から私娼街「玉の井」に通い始める。多い時は月に十回以上……。

老いに逆らうように、あるいは死の恐怖から逃れるために**「回春」「享楽」への道**

を歩み、そのことを克明に日記に記していった。

耽美派の大御所は「玄人好み♡」

一九三六（昭和十一）年の一月三十日の日記には、それまで関係した女性十六人の名前を列挙している。**一人ひとりに番号をふって整理された「女性リスト」**だ。「女好きなれど処女を犯したることなく又道ならぬ恋をなしたる事なし」と書き記したこともあったように、彼が相手にしたのは、芸者、私娼、女給などの玄人《くろうと》ばかりだった。

中でも荷風は「お富《とみ》」という私娼に心奪われた。

お富は年既に三十を越え、久しく淪落《りんらく》の淵に沈みて、其《その》容色将《まさ》に衰へむとする風情、不健全なる頽唐《たいとう》の詩趣をよろこぶ予が眼には、ダーム、オー、カメリヤもかくやとばかり思はるるなり。

若さがはじける、はつらつとした美女ではなく、老いのきざしが見え始めた陰りのある美貌を好んだ。さすが谷崎潤一郎を見出した大御所「耽美派」の荷風だ。その美しさはオペラで有名な「椿姫《つばきひめ》（ダーム・オー・カメリヤ）」以上だと褒《ほ》めたたえている。

渡米・渡仏で「やりたい放題」の極楽ぶり！

荷風は東京で生まれ、父はエリート官僚だった。高等商業学校附属外国語学校（現・東京外国語大学）に入学したが、文学への熱意が昂じるあまり学業がおろそかになり、学校は除籍になる。

やがて森鷗外《もりおうがい》に認められて、作家として華々しいデビューを飾った。

しかし、厳格な父の命令で文学の道を一度は断たれ、実学を学ぶために渡米して銀行勤めをさせられる。

さらに四年後には憧れのフランスへと渡り、その滞在期間中に個人主義や自由な気風を学んで帰国した。だが、荷風を待っていたのは、日本と西洋の文明文化の大きな落差だった。その体験をまとめたのが『**あめりか物語**』と『**ふらんす物語**』だ。

夏目漱石《なつめそうせき》がイギリスに留学して神経を病んだのに対して、荷風はアメリカで娼婦と仲よくなり、フランスで演奏会やオペラに親しむなど、**やりたい放題のお気楽極楽ぶり**だった。二人の間には十二年の年齢差があるとはいえ、それ以上に**荷風のしたたかさ**が感じられる。

日本に戻って一躍人気作家になり、慶應義塾大学の教授に迎えられた荷風は、文芸誌**『三田文学』**を創刊し、同誌を「耽美派」の拠点として谷崎潤一郎などを見出した。

私生活もなかなかに奔放で、最初の結婚生活はすぐに破綻し、その後多くの芸妓《げいぎ》と関係を持つ中、花柳界《かりゅうかい》を題材に『腕くらべ』など享楽的な作品を執筆した。

名作『濹東綺譚』に溢れる「下町愛」

教授職を辞した荷風は、現在の港区六本木一丁目に「偏奇館《へんきかん》」と呼ぶ家を建てた。外装に用いた「ペンキ」と、奇抜で偏《かたよ》った性格を意味する「偏奇」にかけた命名であった。

ある編集者が訪ねて来た時、**自ら玄関に出て「先生はただいまお留守です」**と言っ

て追い返したりしたというのだから、確かに「偏奇」だ。

荷風はこの「偏奇館」に一人で住み、江戸の面影を残す文化を愛して市井《しせい》に潜《もぐ》り込み、下町の散策にふけるなど悠々自適《ゆうゆうじてき》の生活を送り続けた。そして、私娼窟に通い詰めた日々が『濹東綺譚《ぼくとうきたん》』として結実した。

人生の真相は寂寞《せきばく》の底に沈んで初めて之《これ》を見るのであらう。（「冬日の窓」）

一九四五（昭和二十）年三月十日の東京大空襲で偏奇館は焼亡し、荷風は転々と住処《すみか》を変えることを余儀なくされる。

やがて千葉の市川に落ち着くと、**文化勲**

文化勲章を受章するかたわら
ストリップ劇場通いに余念のなかった永井荷風

章を受章する栄誉を得ながらも、浅草のロック座などのストリップ劇場に通い詰めた。

大文豪が楽屋で踊り子たちと談笑する姿は、新聞に載り、話題を集めた。

最期は〝ゴミ溜めのような部屋〟で孤独死

偏屈爺《へんくつじじい》を自認する荷風は、最晩年まで気ままに生き、七十九歳で亡くなった。最期はゴミ溜めのような部屋での孤独死だった。通いの家政婦が、吐血して死んでいる姿を発見した。

荷風の傍《かたわ》らに置かれたボストンバッグには、土地の権利書と現金の他、通帳が入っており、そこには二千三百三十四万円（今の価値だと約三億円）を超える金額が記載されていた。

お墓は父親と同じ雑司《ぞうし》ヶ谷《や》霊園に建てられた。しかし、生前『断腸亭日乗』の中に、吉原の遊女の遺体が「無縁仏」として供養された「投込寺《なげこみでら》」である浄閑寺《じょうかんじ》に葬られたいと記していた。そのため、遊女の遺骨が葬られている「新吉原総霊塔」と向かい合わせに、荷風の文学碑と筆塚が建立《こんりゅう》された。

文学碑に彫られている言葉の一部を紹介しよう。

江戸文化の名残烟《なごりけむり》となりぬ。
明治の文化また灰となりぬ。

偏屈爺もまた、烟となり、灰となって消えた。

永井荷風（一八七九－一九五九） 現在の東京都文京区出身。高等商業学校附属外国語学校（現・東京外国語大学）中退。谷崎潤一郎と並ぶ「耽美派」の一人。『あめりか物語』『ふらんす物語』を発表後、慶應義塾大学教授になり、文芸誌『三田文学』を創刊。代表作に『腕くらべ』『濹東綺譚』、日記『断腸亭日乗』など。文化勲章受章。享年七十九歳。

あつすぎる血潮！ブッ飛んだ情熱歌人

与謝野晶子

明治三十年頃に「ますらをぶり」と呼ばれ、質実剛健で漢詩風の歌を書いていた**与《よ》謝《さ》野《の》鉄幹《てっかん》**という文士がいた。鉄幹は「東京新詩社」を設立し、一九〇〇（明治三十三）年に詩歌《しいか》雑誌『明星《みようじよう》』を創刊した。

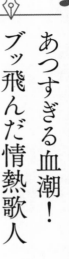

この雑誌に短歌を熱心に投稿していたのが、現在の大阪府堺市にいた「鳳志《ほうし》よう」、のちの**与謝野晶子《あきこ》**だ。

まだ二人が出会う前、鉄幹が作詞した「人を恋ふる歌」は、晶子の存在を予言しているかのようだ。

妻をめとらば　才たけて
顔《みめ》うるはしく　なさけある
友をえらばば　書を読んで
六分《りくぶ》の侠気《きようき》　四分《しぶ》の熱

この後、二人が運命的な出会いを遂げたことを考えると、まるで少女漫画のような展開だが、現実はそう美しいものではない。
実は鉄幹は女性関係に相当ルーズな男だった。女学校で国語の教師をしていた時、女子生徒を妊娠させ（この時の子は、生まれて間もなく死亡）退職した。次いで別の女子生徒との間にも子供をもうけている。

こうした鉄幹の女癖の悪さから考えても、情熱的で才能溢れる晶子との出会いがどうなるかは自明だった。鉄幹には妻（二人目の女子生徒）がいたが、**激しい恋に落ちた晶子は鉄幹を慕って上京し、妻から鉄幹を奪い取った**のだ。時に鉄幹二十七歳、晶子は二十二歳。燃え上がる恋の炎は消しようがなかった。

そして結婚して十七年の間に、二人の間には六男六女、計十二人もの子供が生まれるのだった。

『みだれ髪』で浪漫派歌人のトップランナーに

鉄幹の存在によって創作上の生命力をも燃え上がらせた晶子は、鉄幹編集のもと、第一歌集『**みだれ髪**』を発表した。まだ鉄幹とは結婚前で、「鳳晶子」名義での出版だった。

やは肌の　あつき血潮《ちしお》に　触れも見で　さびしからずや　道を説く君

その子二十《はたち》　櫛《くし》に流るる　黒髪の　おごりの春の　美くしきかな

不倫、略奪と反道徳的行為を行なった晶子が、堂々とこうした歌を発表したのに対して、保守的な歌壇からは激しい非難の声が上がった。

しかし、晶子は一人の女性として自分の自由な心を情熱的に詠み続け、**浪漫《ろうまん》派歌人のトップランナー**となり、**近代における新しい女性像**をも体現してみせた。

『みだれ髪』発刊後、鉄幹は妻と別れ、晶子と結婚。「与謝野晶子」が誕生する。

鉄幹にしてみれば、晶子は押しかけ女房でもあり、『明星』存続のための金《きん》の卵でもあり、そして生活を支えてくれる大黒柱でもあった。

さらにいえば、**どんなに浮気をしても許してくれる大きな器、最後の砦《とりで》**でもあった。

『みだれ髪』
保守的な歌壇からは
非難轟轟だった

反戦詩「君死にたまふことなかれ」ののちに戦争賛美?

一九〇四(明治三十七)年、反戦詩**「君死にたまふことなかれ」**を詠み、日露戦争出征中の弟の無事を願う。これは軍国主義の真っ只中《まっただなか》にあって天皇への不敬に当たると誤解されかねない過激なもので、大論争を巻き起こした。

あゝをとうとよ君を泣く
君死にたまふことなかれ

ただ晶子は、第一次世界大戦に際しては戦争を賛美し、その後も満州国成立を容認したり、戦争を美化し兵士たちを鼓舞する歌を詠んだりするなど、「君死にたまふことなかれ」の折の反戦的態度を一変させている。

「歌はまことの心を歌うもの」という晶子のポリシーからすれば、その時その時の心情を素直に歌にしたにすぎないのだろうが、はたから見れば、戦争に対する態度は一貫性のないものだった。

女一人でシベリア横断!「巴里の君へ逢ひに行く」

『みだれ髪』の発刊や「君死にたまふことなかれ」などで、一世を風靡《ふうび》した月刊文芸誌『明星』だったが、次第に時代から取り残され、一九〇八(明治四十一)年の百号をもって廃刊となった。

同様に鉄幹の作品も古色蒼然《こしょくそうぜん》としたものになり、まったく売れなくなっていた。晶子は、自分一人の筆で家計だけでなく、抱えている門人たちの生活も支え続ける意志を固めた。なかなか「男前」な女性だ。

鉄幹に惚《ほ》れ抜いている晶子は、作家として極度のスランプに陥った鉄幹を復活させるため、お金をかき集めて鉄幹をヨーロッパに遊学させることにした。

晶子自身も、森鷗外の援助などでなんとか洋行費を工面し、シベリア鉄道経由で鉄幹を追った。この時、晶子が詠んだ歌が、遠くウラジオストクの地にある石碑に刻まれて残っている。その一部を紹介しよう。

女の恋のせつなさよ。
晶子や物に狂ふらん、燃ゆる我が火を抱きながら、天《あま》がけりゆく、西へ行く、
巴里《パリ》の君へ逢ひに行く。

鉄幹への激しい愛と情熱を持ち、女性一人でシベリア鉄道に乗ってパリへ行くという行動力があるのだから、恐れ入る。
パリで鉄幹と合流後、ロンドンやベルリンなどを訪れ、日本とのあまりの違いに衝撃を受けた晶子は、帰国後、女性の教育の必要性や経済的自立を説き、女性解放のための運動にも取り組んだ。生涯に残した歌は約五万首にも及ぶ情熱的歌人であった。

与謝野晶子（一八七八－一九四二）現在の大阪府堺市出身。堺市立堺女学校（現・大阪府立泉陽高等学校）卒。旧姓「鳳」、名前は「志よう」。『明星』に短歌を発表。不倫関係にあった与謝野鉄幹とのちに結婚。代表作は『みだれ髪』、「君死にたまふことなかれ」、『源氏物語』の現代語訳など。評論家、女性解放思想家としても活躍した。享年六十三歳。

姦通罪で「名声ドボン!」のエキゾチック詩人

北原白秋

時はアール・ヌーボー、アール・デコなど欧米文化が流れ込んできた華やかな大正ロマン時代。**北原白秋**《きたはらはくしゅう》の作品は、見事にその時代の空気をとらえていた。外来語や斬新な言葉を多用した異国情緒溢れる第一詩集『**邪宗門**《じゃしゅうもん》』、そして故郷への想いを抒情的に歌い上げた第二詩集『**思ひ出**』で、白秋の名は高くなっていった。

一九一一(明治四十四)年に『文章世界』という文芸誌で発表された**「文界十傑」**(**「文豪総選挙」**といったところだろうか)では、**「詩人」の部において、白秋はぶっちぎりで第一位**に選出されている。

しかし、好事《こうじ》魔多し。

江戸時代から、商家として栄えてきた北原家は、酒蔵が全焼するなどの火事が元で傾き始め、ついに倒産してしまった。それと前後して、**白秋自身も人妻との不倫で姦通罪に問われる**という事件を起こしてしまう。一九四七（昭和二十二）年に改正される以前の日本の刑法第一八三条の「姦通罪」の規定はこうだ。

有夫ノ婦姦通シタルトキハ二年以下ノ懲役ニ処ス　其《その》相姦シタル者、亦《また》同シ。

日本を代表する流行詩人になっていた白秋は、隣家の人妻と恋に落ち、相手の夫から姦通罪により告訴、拘置《こうち》されてしまったのだ。弟たちの尽力でなんとか釈放され、最終的には和解したものの、このスキャンダルによって名声は地に堕《お》ちてしまった。

不倫相手の夫から「高すぎる勉強代」を巻き上げられる

しみじみと　涙して入る　君とわれ　監獄《ひとや》の庭の　爪紅《つまぐれ》の花

これは、白秋が姦通罪で逮捕され、未決監（未決囚を収容する所）に入れられた時のことを詠んだ歌だ。「君」というのは姦通した相手、人妻の松下俊子《まつしたとしこ》のことを指している。

俊子の夫は変態性欲の持ち主で、俊子に「乱行、虐待、変質、生疵《なまきず》、暴言」（俊子の手記「思い出の椿は赤し」）と、悪の限りを尽くしていた。耐えられなくなった俊子は夫と別居し、その間に白秋と恋仲になったのだから、かなり同情の余地がある。ただ、相手が悪かった。俊子の夫は「姦通罪」を武器に、人気作家からたんまりとお金をせしめるつもりだった。彼が提示した示談金額は三百円。今のお金に直すと、軽く一千万円を超えるだろう。白秋は嵌《は》められたも同然だった。

最終的に白秋は言われるがまま三百円を払って和解し、俊子との離婚の約束を取り付け、自分の妻としたのだが、払った犠牲はとてつもなく大きかった。実家は倒産していて頼れ

姦通罪で名声を失った北原白秋。払った犠牲は大きすぎた

ず、姦通罪の和解金は膨大、そして文学的名声も失った。

不幸に襲われて一気にどん底に突き落とされた白秋は、それでも俊子との生活を始める。しかし、一緒に暮らしてみると俊子はわがままで、貧乏生活に耐えられない。二人はいさかいを起こし、離婚してしまう。

あれほどの犠牲を払って手に入れた妻との、あっけない別れ……。

「恋のない世に何があるでせう」——今度は寝取られ男に！

私生活でのトラブルが続いた白秋は次第に困窮し、「死」が頭をよぎるようになる。

そんな時、現われたのが江口章子《えぐちあやこ》という女性だった。大分生まれの章子は白秋と境遇が似ていた。由緒ある家柄、家の没落、夫の放蕩と浮気、不幸な結婚生活……章子は離婚し、詩人になるため単身上京して『青鞜《せいとう》』の平塚《ひらつか》らいてうの元を訪ね、二人は出会った。


恋のない世に何があるでせう。

という直情径行《ちょくじょうけいこう》、恋愛至上主義の章子。

出会ってすぐに恋に落ちた二人は、互いに尊敬し、愛し合い、困窮を極めた生活でもそれを楽しむ心の余裕があった。

貧窮《ひんきゅう》の極《きわみ》、餓死を目前に控へて、幾度か堪《た》へて、たうとう堪へとほしたのも、みんなこれらの歌の為《た》めばかりであつた。(『雀の卵』大序)

章子のおかげで創作意欲を取り戻した白秋は、再婚した章子との新生活をスタートさせるために小田原に引っ越して家を建て、創作活動に打ち込む。

しかし再び、好事魔多し。今度は、章子が「姦通」を犯してしまうのだ。実は、章子と白秋の実家との間はうまくいっていなかった。白秋の実家は章子を悪女だと罵《ののし》った。新しい家族からは疎《うと》まれ、さらに貧乏生活が祟《たた》って胸を病んでいた章子は、別の男と通じ、去って行った。

二度目の姦通は、白秋が「される」側に回るという悲劇だった。

ちなみに章子は、駆け落ちした男と別れ、その後も二度の結婚・離婚を繰り返し、最後は精神を病んで**実家の座敷牢**で死亡したといわれている。

童謡の傑作を連発！　支えたのは「家庭的な三度目の妻」

絶望の淵に突き落とされた白秋に、救いの手が差し伸べられた。鈴木三重吉《すずきみえきち》に、雑誌『赤い鳥』の童謡・児童詩欄を担当するよう勧められたのだ。これをきっかけに、白秋は次々と優れた童謡作品を発表し、新境地を開拓していった。**作曲家・山田耕筰《やまだこうさく》とは「からたちの花」「この道」など、数々の童謡の傑作を世に送り出す名コンビ**となる。一九二五（大正十四）年に発表された中山晋平《なかやましんぺい》作曲の**「あめふり」**という曲は、あまりにも有名だ。

あめあめ　ふれふれ　かあさんが
じゃのめで　おむかい　うれしいな
ピッチピッチ　チャップチャップ
ランランラン

そして三度目の結婚で、料理のうまい家庭的な女性、菊子《きくこ》に出会い、白秋の生活はようやく安定する。三度目の正直というものか。

白秋の実姉が嫁いだ酒造家のお酒に、彼が命名した「菊美人」というお酒がある。白秋はそれを美味しそうに飲みながら、たくさんの詩歌を詠み、童謡を書いた。

晩年、糖尿病と腎臓病とを患い、病との壮絶な闘いを強いられた。

なに、負けるものか、負けないぞ

発作が起きるとこう叫んだが、遂に力尽きて亡くなった。

北原白秋（一八八五－一九四二） 熊本県生まれだが、生後間もなく現在の福岡県柳川《やながわ》市で商売を営む実家に戻る。早稲田大学に進んだのち、雑誌『スバル』創刊に参加した。詩人、童謡作家、歌人として三木露風《みきろふう》と並んで「白露時代」を築き、童謡や校歌などを多数残した。代表作は詩集『邪宗門』『思ひ出』、歌集『桐《きり》の花』など。享年五十七歳。

女弟子の「蒲団」の残り香を涙ながらに嗅ぐ男

田山花袋

田山花袋《たやまかたい》の書いた『**蒲団**《ふとん》』は、「**私小説**」の元祖と目される作品だが、そのラストシーンがちょっと変態チックだ。

芳子《よしこ》が常に用ひて居た蒲団――（中略）時雄はそれを引出した。女のなつかしい油の匂ひと汗のにほひとが言ひも知らず時雄の胸をときめかした。（中略）性慾《せいよく》と悲哀と絶望とが忽《たちま》ち時雄の胸を襲つた。時雄は其の蒲団を敷き、夜着《よぎ》をかけ、冷めたい汚れた天鵞絨《びろうど》の襟《えり》に顔を埋《うず》めて泣いた。

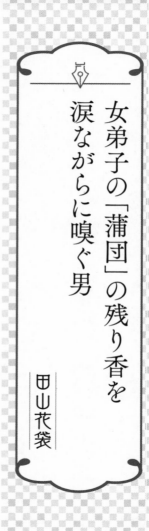

　この小説は、ほぼ実話に基づいていて、文中の女弟子に当たる「芳子」は、岡田美《おかだみ》知代《ちよ》という花袋の熱烈なファンだった人。主人公の中年作家・時雄はもちろん田山花袋だ。

　あらすじはこんな感じだ。

　中年作家が、弟子として家に下宿させていた女学生に恋をしたが、妻子持ちのため告白することもなく我慢している間に、女弟子に彼氏ができてしまう。怒った作家は女学生を破門にして田舎へ帰らせる。

　いざ女弟子がいなくなると恋しさばかりが募《つの》る作家は、女弟子が寝ていた蒲団を敷き、夜着（掛布団）の襟に顔を埋めて残り香を嗅《か》ぎながら彼女のことを思い出して涙する……。

発表されたのが、日本にはまだお堅い倫理観が残る一九〇七（明治四十）年ということを考えれば、衝撃のラストシーンである。

事実、『蒲団』は当時の文壇に大きな衝撃を与えた問題作だった。

「ありのままの自分」を書いたら〝痴漢スレスレ、ストーカー決定〟！

花袋は**尾崎紅葉**《おざきこうよう》に師事し、紅葉が創立して明治文壇の一大結社であった硯友社《けんゆうしゃ》系の雑誌で活動していた。だが、作品はなかなか世に受け入れられず、不遇の時代を送る。

そんな中で花袋はフランスの自然主義作家、モーパッサンの作品に感動し、**自然主義**という新しい文学の洗礼を受けた。自然主義とは、一切の美化をせず、ありのままを表現しようという手法のことだ。

その頃、友人であり、ライバルでもあった**島崎藤村**《しまざきとうそん》が、いち早く自然主義文学を体現した作品『破戒《はかい》』を生み出す。花袋はこれを読み、衝撃を受けた。また、文壇では国木田独歩《くにきだどっぽ》の『独歩集』『運命』が自然主義文学の嚆矢《こうし》として世に受け入れられていた。

私は一人取残されたやうな気がした。（『東京の三十年』）

こう書いた花袋は、藤村や独歩たちに強烈なライバル心を燃やした。

そして評論『露骨なる描写』で、**ありのままをありのままに書くのが自然主義文学だと宣言し**、その実践作として発表したのが『少女病』という作品だ。

これは、**妻子持ちでロリータ趣味の主人公（花袋）が美少女を尾行するという、今ならストーカーとして訴えられること間違いなしの小説**である。

込合《こみあ》つた電車の中の美しい娘、これほどかれに趣味深くうれしく感ぜられるものはないので、今迄《いままで》にも既に幾度《いくたび》となく其《そ》の嬉しさを経験した。柔《やわら》かい衣服《きもの》が触る。得ならぬ香水のかをりがする。温かい肉の触感が言ふに言はれぬ思をそゝる。

痴漢スレスレ、ストーカー直前の問題作。個人的には代表作『蒲団』よりも『少女病』のほうが衝撃的だ。よく発禁にならなかったものだ。

「自然主義文学」を変節させた罪、重し！

しかし、「花袋、よかったね！」で話は終わらない。

ここで問題なのは、花袋が世に問うた『少女病』や『蒲団』によって、フランスで生まれた自然主義文学が日本流に変えられ、歪《ゆが》められてしまったことだ。

フランスの小説家エミール・ゾラによって定義された本来の自然主義文学は、自然の事実を観察し、「真実」を描くためにあらゆる美化を排して描写するというものだった。

ところが、日本では『蒲団』によって、**身の回りの現実を赤裸々に描くことが自然主義文学だ、と曲解**されてしまった。

ここに日本独特の自然主義文学である「私小説」が生まれた。それは私的で露骨な描写をよしとした告白小説へと向かうことになり、物語性を失ってしまった私小説は、純粋という名の不毛な作品を多く生み、日本文学は滅《ほろ》びへと向かっていった。

文学史によくも悪くも足跡を残した花袋。余談だが、群馬県民はみんな知っている（といわれている）「上毛《じょうもう》かるた」の「ほ」の札に、「誇る文豪　田山花袋」とうたわれ、地元の偉人として今も親しまれている。

田山花袋（一八七一－一九三〇）現在の群馬県館林《たてばやし》市出身。尾崎紅葉に師事し、硯友社の一員となって詩や小説を発表する。フランスの自然主義文学に共鳴し、私小説の始まりとされる『蒲団』を発表した。代表作に『生』『田舎教師』などがある。享年五十八歳。

「家族計画」ゼロ！血縁の呪縛に懊悩した

島崎藤村

島崎藤村《しまざきとうそん》といえば、**自然主義文学の大御所**だ。

だが、彼には一つだけ、**決定的なスキャンダル**がある。それは、姪《めい》と関係を持ってしまったことだ。

まずは、そうなるに至った状況を見ていこう。

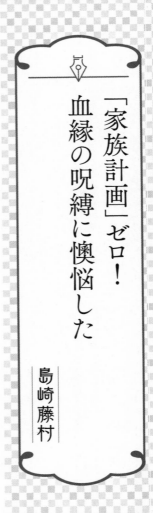

三十歳を超え、島崎藤村は焦っていた。

大学卒業後、浪漫主義を代表する詩人として詩集『**若菜集**』で華々しく文壇デビューを果たした藤村だったが、結婚して子供も生まれ、詩人としての収入だけでは食えず、一家の生活は貧しかった。

三人の幼い娘は栄養失調で病に倒れ、金銭的に困窮した中で、藤村はついに理想を捨てて現実を直視した。そして、それを詩ではなく小説で表現した。渾身《こんしん》の書き下ろし小説として、一九〇六（明治三十九）年に自費出版した**『破戒』**は、文壇から本格的な自然主義小説として絶賛された。

しかし、それがさらに事態を悪化させる。

『破戒』の成功で自信をつけた藤村は、教師の職を捨て、作家稼業一本に絞った生活に入るのだが、その後は思ったほど本が売れず、一家は貧乏のどん底に落ちていく。

そんな中、不幸は起きる。

三女、次女、長女の順で、次々と栄養失調で死亡。その一方、長男、次男、三男が次々と誕生。そして四女出産と同時に妻が死亡。

あまりにも**無策な「家族計画」**の犠牲となった子供たちと妻。

こうなった以上は、男手一つで四人の子供を育てるのは無理だ。そこで姪っ子（次兄の次女）のこま子に頼んで子供たちの世話をしてもらうことにした。

ところが、だ。時にまだ四十歳。精力絶倫男の藤村は、**十九歳の姪に手をつけ、妊娠させてしまった**のである。

「姪を妊娠させちゃった！」ヨーロッパに逃亡！

姪から妊娠を告げられた藤村は、どうしたか？

なんと、逃げた。

その頃、藤村の文名は次第に高まり、金銭的にも余裕が生まれ始めていた。そんな折、友人からヨーロッパを見てこないかと持ちかけられた藤村は、「渡りに船」とばかりにその話に飛びつき、こま子とお腹の子を捨ててヨーロッパに逃亡した。こま子は産んだ子を養子に出したが、その子は一九二三（大正十二）年の関東大震災で行方不明になるという運命をたどっている。

「家族計画」は、まったくなし。
「一族の血の恥」に縛られ続けた藤村

藤村は、そのままヨーロッパで三年間を過ごし、懺悔《ざんげ》し謹慎《きんしん》期間とした……はずだった。しかし、日本に帰って来た藤村は、再びこま子とよりを戻す。もとより叔父と姪とは結ばれようもない関係なので、普通なら諦めるところだが、**藤村はこま子とのことを「懺悔」と題して新聞で公表**した。

それを知った藤村の次兄は、次のように激怒した。

不徳を遂行せんとするの形跡あるは言語道断なりと言ふべし。

私小説作家・藤村は、この顚末《てんまつ》さえも『**新生**』に描いた。

こま子は台湾にいる長兄の元に行かされ、二人の間は引き裂かれた。作家の業《ごう》といってしまえばそれまでだが、こま子にとってはあまりにひどい仕打ちだった。

のちに、こま子は日本に戻り別の男性と結婚したが、左翼運動をしていた夫は投獄された。こま子は離婚し、赤貧の中で子供を抱えて倒れ入院した。

これを知った藤村は、わずかばかりの見舞金を再婚した妻（藤村は五十六歳の時、二十四歳年下の女性と再婚した）に託すが、妻はこま子には会わず、病院の守衛室に

島崎藤村の生家。立派な門構えの大豪邸だった

そのお金を預けて帰ってしまった。

隠し続けていた「一族の血の恥」を暴露！

藤村の生涯は「家」「血縁」というものに縛られ続けた。

その発端は、藤村が十四歳の時、父親が精神に異常をきたして座敷牢に閉じ込められ、そのまま死んだことだ。このことに非常な衝撃を受けた藤村は、父親を**『夜明け前』**の主人公のモデルとして描いた。

藤村の**「家」にまつわる因果**はこれだけでは終わらない。

島崎家はかつて木曽《きそ》街道《かいどう》馬籠宿《まごめじゅく》の本陣で

あり、問屋と庄屋も兼ねていた。そうした名門旧家にはしばしばあることだが、島崎家では慣例的に親類縁者同士（時に近親婚レベル）での婚姻関係が続いていた。どうにかして名門の血を後世へと繋《つな》げようとしていたのだ。

しかし、それほどまでにして守ろうとした島崎家は、明治維新による社会変革で没落する。

新時代を迎える中、藤村は上京して大学を卒業し、教師として女学校に勤めるが、恋していた**教え子が妊娠中に病死**する（ここでも「家族計画」はなし）。また、浪漫主義の文芸雑誌『文學界』で盟友だった**北村透谷《きたむらとうこく》の自殺**なども続いて、若くして人生のどん底を経験した。

妻子の相次ぐ病死や、姪のこま子との関係なども、こうしたバックグラウンドの中での出来事だった。ただ、それにしても**クズ男っぷり**の言い訳にはならないが……。

七年にわたって連載された大作『夜明け前』では、父の正樹《まさき》をモデルとし、明治維新前後の時代を歴史小説ともいえるスケールで描いた。その冒頭の一文は、象徴的だ。

木曽路はすべて山の中である。

この小説の中で藤村が描いたのは、近代の日本においての**極限の告白小説**といえるものだった。主人公は近親相姦をし、その妻は姦通を犯す。そして主人公とその子は狂死するに至る。自らの「家」をモデルにしたこの小説において、藤村は隠し続けていた一族の血の恥を、ここですべて吐き出したのだった。

島崎藤村（**一八七二－一九四三**）現在の岐阜県中津川《なかつがわ》市馬籠出身。上京後、いくつかの進学予備校で学び、明治学院本科（現・明治学院大学）卒業。浪漫主義の文芸雑誌『文學界』に参加し、詩集『若菜集』などを出版後、小説に転じて自然主義作家となった。代表作は『破戒』『春』『家』『新生』、また父をモデルとした大作『夜明け前』などがある。享年七十一歳。

「純愛一筋」から「火宅の人」に大豹変！

檀一雄

檀一雄《だんかずお》の文学の原点は、九歳の時に、実母が子供四人を置いて若い医大生と出奔《しゅっぽん》してしまったことにある。

私は私の生涯の生き方を決定する最初の日に自分の生命を自由に選びとる幸福と不幸を与えられたわけだった。（『リツ子・その愛』）

幼くして、その後の生き方を決定づける事件に出くわしたのだ。母を失った少年は

親友・太宰治から自殺の誘いをよく受けていたという檀一雄

自分でご飯を作ることを覚え、そのため料理の腕前は文壇随一で、『**檀流クッキング**』など料理に関する本も多数書いている。東大在学中に出会って親友になった**太宰治**《だざいおさむ》**から、よく自殺の誘いを受けては、二人で実行に移しかけるなど**、授業にはほとんど出席せず放蕩無頼の生活を送った。

直木賞受賞で〝本性〟現わる！

時代が戦時色を強めていく中、檀は開業医の令嬢・高橋律子《たかはしりつこ》と結婚し子供をもうけるが、律子は結核を患って若くして亡くなってしまう。その二人の愛の姿を描いたのが、檀の代表作である『**リツ子・その愛**』『**リツ子・その死**』だ。

国破れ　妻死んで　我庭の　ほたる哉

これは律子が亡くなった一九四六（昭和二十一）年に詠まれたものだが、第二次世界大戦で日本が敗れ、妻も失ってしまった失意の胸中を表わしている。この頃の檀は純愛一筋の男で、妻の死にショックを受け、惜別《せきべつ》の愛を歌う作家だった。

ところが、『**真説石川五右衛門**《ごえもん》』で一九五〇（昭和二十五）年の直木賞を受賞するに及んで本性が現われる。浮気だ。

小説家としての地歩を固めていく檀は、二人目の妻との間に小さな子供たちがいるにもかかわらず、舞台女優の入江杏子《いりえきょうこ》と愛人関係に陥ってしまう。まさに、檀の実母が四人の子供を残して出奔したように、今度は自身が妻と子供たちを捨てた。

「山の上ホテル」で舞台女優と愛欲生活

二人は、檀が福岡で設立した劇団で知り合った。青森県で行なわれた「太宰治文学碑」の除幕式に同行したことから男女の関係になり、そのまま東京・お茶の水の「山の上ホテル」で同棲を始めて家に帰らなくなってしまった。

その入江杏子との愛欲生活、そして破局を描いたのが『**火宅《かたく》の人**』だ。これは連作という形で、檀の死の間際まで書き継がれることになるのだが、その内容は不倫も含めた私生活の暴露だった。

日本脳炎のために身体が麻痺《まひ》した息子を含む四人の子供たちと妻を残し、愛人と放浪する檀。その罪深さを自虐気味に描いた。


お酒、怠惰、狂躁、濫費、軽薄等……私の悪徳の方を数えあげるなら、たちどころに十本の両手の指を折りつくしたって、とてもそれでは足りないだろう。（中略）太宰が死に、安吾さんが死んでからと云うものは、（中略）まるっきり、駄目なのである。仕事らしい仕事も出来ぬ。

愛娘・檀ふみ『火宅の人』に出演

一九七五（昭和五十）年、肺がんで入院した檀は、死の床にありながら執念で『火宅の人』を口述筆記により完成させ、これが遺作となった。

ちなみに「火宅」とは、この世は苦の世界なのに、それを悟らず遊び耽《ふけ》っていることを、燃えている家の中で、子供がそれに気がつくこともなく無邪気に遊びにのめり込んでいる様子にたとえた仏教説話からきている。

『火宅の人』は爆発的に売れた。さらに一九八六（昭和六十一）年に深作欣二《ふかさくきんじ》監督によって映画化され、第十回日本アカデミー賞最優秀作品賞などをはじめ、数多くの賞に輝いた。

主演は緒形拳《おがたけん》。女性陣には、いしだあゆみ、原田美枝子《はらだみえこ》、松坂慶子《まつざかけいこ》などを配した豪華キャストで、実の娘である檀ふみも出演している。

檀ふみは愛する父のこの作品を、死後しばらく読むことができずにいたが、映画化を前に意を決して読んだという。

また、父が死を宣告された時、初めて『リツ子・その愛』『リツ子・その死』を読み、

「やりきれなかった。ただ素敵な小説だったから父を誇らしく思った」

と感想を述べている。
享年六十三歳。同じ無頼派と呼ばれた太宰治が三十八歳、坂口安吾《さかぐちあんご》が四十八歳、織田作之助《おださくのすけ》に至ってはまだ若き三十三歳での死だったことを考えると、十分に長生きしたといえるだろう。

檀一雄（一九一二―一九七六）現在の山梨県都留《つる》市出身。旧制福岡高等学校を経て、東京帝国大学経済学部卒。太宰治や坂口安吾と盟友で、「最後の無頼派」と称された。代表作は、『リツ子・その愛』『リツ子・その死』。『真説石川五右衛門』で直木賞を受賞。遺作『火宅の人』は映画化された。享年六十三歳。

ブッ飛びの「お嬢様ワールド」全開！

岡本かの子

岡本《おかもと》かの子はとにかくブッ飛んでいる。

・夫とともに愛人と同居し、その男との間に子供を二人もうける
・その愛人は、かの子の元を去って間もなく死亡
・二人目の愛人はマネージャー兼家事手伝い（のちに島根県知事になっている）
・三人目の愛人はエリート医師
・かの子と愛人二人と夫と長男、五人同じ屋根の下で暮らす

・夫の稼いだお金で、五人全員ヨーロッパ外遊
・若いツバメと旅行中に倒れ、夫と愛人の看病の甲斐なく死亡
……いったい全体、どうやったらこんな非常識なことがまかり通ったのだろう。

人生はさとるのが目的ではないです。生きるのです。人間は動物ですから。
（『母子叙情』）

まさに、かの子は人間という動物として、とことん生きた。

同じ屋根の下に、夫、かの子、かの子の愛人が同居!?

まだ駆け出しの画家にすぎなかった東京美術学校（現・東京藝術大学）卒の**岡本一《いっ》平《ぺい》**は、豪商・大貫《おおぬき》家のお嬢様であったかの子を好きになり、「生涯をかけて幸せにします」との血判状まで提出して結婚を許された。

一平の熱烈な求愛を受けて二十一歳で結婚したかの子であったが、二人の新婚生活は悲惨なものだった。まだ一平には定収入がなく生活は不安定。一方、お嬢様として何不自由なく育ったかの子は、家事などがまったくできない。ましてや貧乏生活など経験したことがなかった。

そんな貧しい暮らしを打開するために、一平は東京朝日新聞社に入社し、漫画に軽妙洒脱《しゃだつ》な解説文を添えた「漫画漫文」というスタイルを確立して人気を博していった。しかし、**「すべては芸術のために」をモットーとするかの子**には、一介の町絵師に成り下がった（と思った）一平が俗物に見えた。やがて二人は価値観の相違で激しく衝突するようになる。

そんな折、かの子は早稲田大学生の堀切茂雄《ほりきりしげお》に出会って恋に落ちる。かの子が堀切のことを詠んだ歌がある。

たそがれの　風に吹かれて　来し人の　うすら冷たき　頬をくちづけぬ

一方、かの子を追い詰めたことに罪の意識を持った一平は、堀切とかの子との関係を認めたばかりか、堀切を自宅に同居させ、二人の関係を公認した。

同じ屋根の下に、夫と妻とその愛人とが暮らすという奇妙な三角関係は、当時の常識では考えられない事態だ（現代でも、もちろんそうだが）。

やがてそれは、かの子の実家の知るところとなり、堀切はかの子の元から去らざるをえなくなり、まもなく結核で亡くなってしまった。堀切との間にできた子供二人は、どちらも里子に出され、幼くして亡くなっている。

かの子は、この四年間を「**魔の時代**」と呼んだ。

なぜ〝白粉デコデコの醜婦〟なのにモテモテだった？

そんな折、今度は慶應大学予科生の恒松安夫《つねまつやすお》を好きになり、彼とその兄を自宅に住まわせるようになった。

かの子の常軌《じょうき》を逸したエネルギーはさらに拡散する。慶應病院の外科医・新田《にった》亀三《かめぞう》に一目惚れしたのだ。きっかけは、かの子の「痔」の手術だった。かの子の押せ押せ攻撃に、新田もエリート医師の職を捨てて、かの子のことを愛するようになる。

すでに夫婦としての関係は破綻していたかの子と一平だったが、一平は彼女を**「吉《きっ》祥天女《しょうてんにょ》」の生まれ変わり**と崇《あが》めていた。そこで再び提案したのが、またまた奇妙な同居生活だ。

結果、**同じ屋根の下でかの子と愛人二人、夫と長男の計五人が暮らす**ことになった。

それにしても、**どうしてかの子はこんなにモテた**のだろう。

白粉デコデコの醜婦か、
吉祥天女の生まれ変わりか

少女の頃、兄と親交があった谷崎潤一郎に恋したが、谷崎は「白《おし》粉《ろい》デコデコの醜婦、着物の趣味も悪い」「醜女《しこめ》」と称して、かの子を避けたという。のちに出会う作家・円地《えんち》文子《ふみこ》も「かの子女史を美しいと私は一度も思ったことがない」と書いている。

実際のところ、写真を見ても、

分厚い白塗りの化粧、俗悪で派手な衣装を身にまとった姿など、お世辞にも美人とは言い難く、センスのよさも感じられない。しかし、お嬢様特有のプライドの高さ、独自の美意識を持つ強烈な個性に、周囲の男たちは引き付けられ、かの子の信奉者となっていった。

跡見《あとみ》女学校（跡見学園女子大の前身）に通っていた時、「**蛙**《かわず》」**というあだなを付けられたにもかかわらず、本人が選んだペンネームは「野薔薇**《ばら》」……。自分が美人だと信じて疑わなかった、かの子ワールド全開だ。

若いツバメと旅行中に倒れ、バラの中に埋葬される

こうして、かの子は一つ屋根の下で夫公認のもと、愛人の新田と同居し、愛欲生活を送った。「みんな」でヨーロッパを旅行したこともある。「みんな」というのは、一平、かの子、長男の太郎、そしてマネージャー恒松と新田の五人のことだ。

この時、太郎は東京美術学校へ進学していたが、絵の勉強のためパリに残り、その後十年間を過ごしている。**「芸術は爆発だ」の岡本太郎**の誕生のきっかけは、このヨ

ーロッパ旅行だったのだ。

かの子が小説を書いたのは、この二年半の洋行を経て日本に戻ってからの数年間にすぎない。『母子叙情』『老妓抄《ろうぎしょう》』と矢継ぎ早に作品を発表したが、ある若いツバメと宿に滞在している時に脳溢血《のういっけつ》で倒れ、一平と新田の懸命の看病もむなしく亡くなった。

かの子を墓地に埋葬する日、一平と新田は**東京で手に入れられるだけの薔薇を買いまくり**、二人で墓地に穴を掘って薔薇を敷き詰めた。そして、美しく着飾り、化粧を施《ほどこ》したかの子を、薔薇に包んで埋葬したのだった。


岡本かの子（一八八九ー一九三九） 現在の東京都港区出身。跡見女学校卒業。歌人、仏教研究家を経て晩年に小説家として作品を書き始め、没後多くの遺作が発表された。漫画家の岡本一平と結婚。芸術家の岡本太郎の母。代表作は『老妓抄』『生々流転』など。享年四十九歳。

コラム

キラキラネームの元祖!?

誰も読めないような極端な当て字の名前、あるいはとても日本人とは思えないような名前などの、いわゆる「キラキラネーム」のはしりは森鷗外だといわれている。

彼はドイツ留学中に自分の本名である「林太郎《りんたろう》」がなかなか正確に発音してもらえなかったのを苦々しく思っていたらしく、長男に於菟（おと＝オットー）と名付けたのをはじめとして、長女・茉莉（まり＝マリー）、次女・杏奴（あんぬ＝アンヌ）など、西欧人に馴染みのある響きの名前を付けた。

与謝野晶子もまた、子供たちに「キラキラネーム」を付けている。

鉄幹とともにパリやロンドンを訪れ、ヨーロッパにかぶれすぎたのだろうか、帰国後に生まれた子供に、アウギュスト（五男）、エレンヌ（四女）という、カタカナのキラキラネームを付けている。まあ、これはご愛敬というもの。

まさに**「キラキラネームの元祖」**たる文豪たちだが、その背景には子を思う親の気持ちがあったのだ。

3章

「金の苦労」が、あの名作を生んだ！

……「追い詰められる」ほどに冴えわたる才能⁉

なぞの自信で短歌を連発！天才的たかり魔

石川啄木

二十二歳の**石川啄木**《いしかわたくぼく》は、一九〇八（明治四十一）年の六月二十三日から二十五日にかけてのわずか三日間で三行書きの短歌を吐き出すように一気に作り、翌月の『明星』に、その後作ったものも合わせ二百四十六首もの歌を発表した。これらはのちに歌集『**一握**《いちあく》**の砂**』に収録されて人気を博すことになる。

この時の啄木は冴えに冴えていた。まさに**ミューズが降りてきた幸福な三日間**だ。

東海の小島の磯の白砂に

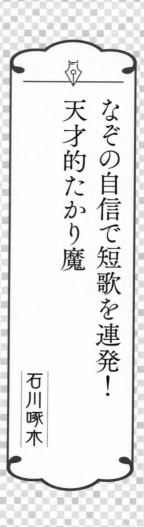

われ泣きぬれて
蟹《かに》とたはむる

たはむれに母を背負ひて
そのあまり軽《かろ》きに泣きて
三歩あゆまず

当時の啄木は、若くして第一詩集の『**あこがれ**』を発表し、明星派の天才詩人として認められるようになっていたが、それだけでは一家を支えるには足りず、生活は困窮し、住居も職も転々とするありさまだった。破れかぶれで北海道から上京したものの、簡単に職を得られるはずもなく、狂ったように歌を詠むしかなかった。

『ローマ字日記』に綴られたポルノまがいの描写

十九歳で結婚していた啄木は、妻に読まれないようにとの配慮から、ローマ字で日記を書き記した。この『**ローマ字日記**』が公刊されたのは、死後七十年近くを経てからだったが、啄木が浅草通いをして娼妓《しょうぎ》と遊んだ様子などが赤裸々に描写されていた。

なぜこの日記をローマ字で書くことにしたか？　なぜだ？　予は妻を愛してる。愛してるからこそこの日記を読ませたくないのだ（明治四十二年四月七日・原文はローマ字）

啄木は、このように勝手に自己肯定し、ポルノまがいの描写まで綴っている。

余は女のまたに手を入れて、手あら

くその陰部をかきまわした。しまいには五本の指を入れてできるだけ強くおした。（明治四十二年四月十日・原文はローマ字）

「はたらけど　はたらけど」の本当のところ

啄木は生活費のほとんどを友人たちからの援助で切り抜け、しかも大半を芸者に入れ揚げるなど、遊興費に費やした。貧乏なくせに、寿司を食べ、天ぷらを平らげ、お酒も当時はまだ高級だったビールを好んで飲んだ。もちろんすべて他人の金で。

はたらけど
はたらけど猶《なお》わが生活《くらし》楽にならざり
ぢっと手を見る

啄木の人となりを知ると、この名歌が嘘くさく見えてしまう。自らを恃《たの》むところが強く、天才を自認し、こらえ性《しょう》もない上に気まぐれな性格だから、仕事は一年として続かなかった。

一九一〇（明治四十三）年、明治天皇暗殺計画の疑いで幸徳秋水《こうとくしゅうすい》らが処刑された「大逆事件《たいぎゃくじけん》」に衝撃を受けた啄木は、社会主義に傾倒する。その間、いくつかの小説を書き、雑誌『スバル』を創刊したが、生活は一向に好転しなかった。そんな中、啄木は第二歌集『**悲しき玩具**』の発刊を前に、肺結核であっけなく死んでしまう。

「友がみな　われよりえらく」見えて、計六十三人から借金しまくり！

生前の啄木は、友人たちと飲み歩いても割り勘どころか一銭も払わない**天才的な「たかり魔」**だった（当然、怒って絶交する人も大勢いた）。ご丁寧にも本人による「借金メモ」が遺されている。その記録によると、最高金額は妻の妹の夫だった宮崎《みやざき》郁雨《いくう》から百五十円、その他合計六十三人から借金合計千三百七十二円五十銭也とあり、これを現在の物価に換算すると約千五百万円にも上る。

天才的感性の裏に渦巻くプライドとコンプレックス……。啄木の歌は、友人たちの我慢と忍耐、そして多額の借金に支えられていたのだ。

一方で、世話になった友人たちの悪口を日記に書き、自分の買春を棚に上げ妻の不貞には厳しく対応し、離縁を申し渡すなど、**恐ろしく自己チューな男**だった。

友がみなわれよりえらく見ゆる日よ
花を買ひ来て
妻としたしむ

一度でも我に頭を下げさせし
人みな死ねと
いのりてしこと

石川啄木（一八八六－一九一二） 現在の岩手県盛岡市出身。盛岡中学（現・盛岡一高）中退。『明星』で与謝野晶子《よさのあきこ》らと同人になり、初の詩集『あこがれ』を出す。代用教員などをしながら岩手や北海道を転々としたのち上京する。三行分かち書きの短歌が有名。代表歌集に『一握の砂』『悲しき玩具』がある。享年二十六歳。

金の使い道の最善は「女へやる事」と豪語

直木三十五

一九三四（昭和九）年二月二十四日、**直木三十五**《なおきさんじゅうご》が四十三歳で亡くなった時、『東京朝日新聞』は「優れた剣豪の悲壮な斬死《ざんし》にも似たる直木三十五の死！　ああ彼こそ日本文学史に輝く巨匠！」と持ち上げたが、その一カ月後には、**「文壇一の借金王」**と報じている。

藝術は短く　貧乏は長し

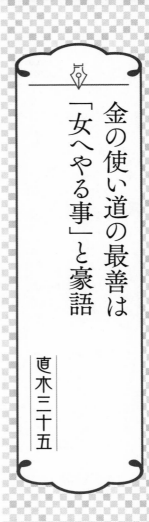

横浜市の慶珊寺《けいさんじ》の裏山に建っている文学碑にこう刻まれているように、直木は貧乏時代が長く、稼ぐようになってからは金づかいが荒かった。

名刀に大金を投じる。好きでもない芸者に豪華なプレゼントを贈る。好きな芸者には思いっきり入れ揚げる。当時、日本では珍しかったオープンカーを買い、真冬に震えながら運転する、といった具合だ。しかし、それらはすべて借金して買ったものだった。

金まうけといふ事は、結局愛する女へやる事だよ。これ以外に最善の貨幣使途は無い。(「哲学乱酔」)

菊池寛を金の工面に走らせた「文壇一の借金王」

直木が亡くなった後、友人の菊池寛《きくちかん》が直木の借金を調べ上げたところ、デパートや骨董屋、料亭へのツケが溜まって残金が山をなしていた。当時、いくら流行作家だったとはいえ、とても払いきれるような金額ではなかった。

そこで菊池は『文藝春秋』で「追悼号《ついとう》」を出し、全集を計画するなど、残された家族（と愛人）のために、なんとか金の工面をしてやろうとした。また、直木の名を残すために考えたのが、あの**「直木賞」**（直木三十五賞）だった。

ちなみに、**直木三十五の「三十五」という名は、実は年齢を表わしている**。三十一歳の時に「直木三十一」のペンネームで文筆活動を開始し、以降一歳年を取るごとに「三十二」、「三十三」と名前を変えていた。

「三十三」の時、「散々」に通じるから縁起が悪いと言い始め、「四」は不吉だからと飛ばして「三十五」になったところで止めてしまった。もちろん、その歳で死んだからではない。次の「三十六」が「三十六計逃げるに如《し》かず」の「三十六」で縁起が悪いからとか、菊池寛から「悪い洒落はよせ」と忠告されたからだとかいわれている。

借金取りを呆れさせる筋金入りのふてぶてしさ！

直木は大阪から上京して早稲田大学に入学したが、生活費がかさんで学費が払えな

除籍処分を受けたのに卒業写真に
まんまと写り込んだ直木三十五（最後列右端）

くなり、大学から除籍された。直木は、父親にどうにか除籍を隠し通したいと考えた。そこで思いついたのが、卒業式の集合写真を送って安心させることだ。

だが、除籍処分を受けたのだから、卒業式での集合写真撮影に直木の席が用意されているはずもない。そこで彼が取った作戦は、シャッターが押される瞬間、友人に確保してもらっておいた空間に飛び込んで写る、というもの。まさに離れワザだが、直木は見事に成功し、まんまと**「偽の卒業写真」**を撮っている。

その後、いくつもの仕事を経験したが、ただ借金は増えていくばかりだった。

直木は若い頃から不敵な面構えをしていて、借金取りが来て責め立てられても無言を貫き、ダンマリ作戦で追い返したという。

それでも諦めず、最後まで残った借金取りには、「腹がへった。金を貸してくれないか。何か食おう」と言って呆れさせたというのだから、筋金入りのふてぶてしさだ。

一攫千金の夢、映画制作でも大赤字

直木は「人たらし」でもあった。「日本映画の父」と呼ばれたマキノ省三《しょうぞう》の家にまんまと居候《いそうろう》し、映画制作にのめり込む。

マキノ省三の息子、マキノ雅弘《まさひろ》が当時の直木についてこんなことを書いている。

「おい、マサ公、スリーキャッスルを買って来い」（中略）

「おっさん、金がない」

と私が言うと、直木氏は怒鳴った。

「盗んで来いッ！」（マキノ雅弘『映画渡世・天の巻』）

このことを思い返し、雅弘は直木のことを「悪い奴やなァ、と思った」と述べている。

低予算、さらに短期間でつくられた直木の十九本の映画は、粗製乱造の感がいなめないものばかりだった。結局、映画制作は大赤字に終わり、撤退を余儀なくされて一攫《いっかく》千金の夢は消えた。

不思議と憎めない速筆家

さすがに金銭的に追い詰められた直木は、小説執筆に専念する。映画で失敗した仇討《あだうち》とばかりに小説ではヒット作を連発した。『水戸黄門《みとこうもん》』の原作になった『黄門廻国記《こうもんかいこくき》』、代表作になる『南国太平記』などである。

直木は速筆で、一時間に五~十枚も書き飛ばすというスピードだった。「最速レコードは一時間に十六枚」と記している。

だが、速筆だから締切に間に合う、というわけではない。遊びほうけていて、執筆に取りかかること自体が遅いのだ。

遅れて原稿を渡す際には、編集者に対して「○○様」と封筒に表書きしていた。それが、かなり遅れた時には「○○先生」となり、はなはだしく遅れた場合には「○○先生様様」と大出世していた、というユーモラスなエピソードも残っている。

四十三歳で亡くなった直木だが、その入院から死に至るまで、ラジオや新聞で病状が刻々と報道され、**夏目《なつめ》漱石《そうせき》を上回るといわれた盛大な葬式**が行なわれた。連載中だった小説のいくつかは、死後、友人たちによって完成されている。悪行の限りを尽くしているようで、**不思議と憎めない人**だった。ある意味、不世出の作家だ。

直木三十五（一八九一－一九三四）現在の大阪府大阪市中央区出身。早稲田大学英文科予科を経て、早稲田大学高等師範部英語科へ進学したが、月謝未納で除籍。小説家であるとともに脚本家、映画監督でもあった。「直木三十五賞」（通称「直木賞」）は、彼に由来する。代表作に、『合戦』『南国太平記』『楠木正成《くすのきまさしげ》』など。享年四十三歳。

「東大教授の椅子」を蹴った理由は年俸額

夏目漱石

夏目《なつめ》漱石《そうせき》は帝国大学（現・東京大学）文学部英文科を優秀な成績で卒業したのち、教師生活に入り、愛媛の松山中学、熊本の第五高等学校へ赴任した。

一九〇〇（明治三十三）年、英文学教授法研究の目的でイギリスに留学した。ロンドンでの留学生活は、思うに任せなかった。日本と西欧との圧倒的な差に絶望した漱石の精神状態は次第に悪化する。

友人の正岡子規《まさおかしき》に送った手紙の中で、自分のことを、

misanthropic 病なれば是非もなし

と書いている。「misanthropic（ミサンスロピク）」というのは、「人間嫌いの」「厭世《えんせい》的な」という意味だ。自分のことを「人間嫌い病だから仕方ない」と諦観《ていかん》した漱石は、ロンドンで誰とも交流せず、部屋で独り読書と勉強に明け暮れ、ビスケットを食べて生活していたという。いわば**元祖引きこもり**だ。

やがて「漱石発狂」の噂が流れ、急遽命《きゅうきょめい》じられて帰国する。留学は散々な結果になったが、この引きこもりの経験が、『それから』の主人公に生かされている。この作品では、親のすねをかじって仕事もしない**「高等遊民」**、今でいうフリーター、いやニートの姿が描かれている。百年先の日本の姿を漱石が予見していたとしか思えない。

日本に戻った漱石は一高、東京帝大の講師となった。神経衰弱に陥っていた彼にとって、やっと取り戻した安定した日々のはずだった。ところが、一高での教え子の藤《ふじ》村操《むらみさお》が、華厳滝《けごんのたき》で投身自殺をしてしまうのだ。

藤村が残した「巌頭《がんとう》之感」と呼ばれる木に彫られた遺書は、当時の社会に大きな波紋を広げた。哲学的厭世観による一高生の死は、若者にも影響を与え、後追い自殺も相次いだ。

自殺の数日前に、予習してこなかった藤村を叱責《しっせき》していた漱石は気に病み、**神経衰弱は一段と悪化**した。妻に対して癇癪《かんしゃく》を起こし、「里へ帰れ」などと暴言を吐くのが日常茶飯事となり、妻と二カ月の別居まで経験している。

破格の待遇！「社長よりも高月給」で朝日新聞入社

そんな折、俳句仲間である高浜虚子《たかはまきよし》の勧めもあって、気休めのつもりで一九〇五（明治三十八）年、雑誌『ホトトギス』に『**吾輩は猫である**』を掲載し、好評を博した。この時三十八歳、遅咲きのデビューといえる。

その後、東大教授の話を断った漱石は一九〇七（明治四十）年、朝日新聞社に入社して専属作家となる。**エリートコースの東大教授の椅子を蹴って新聞社に入社したことは、当時大評判**となった。

朝日新聞社に入社する際の「入社の辞」で、給料についてこんな風に触れている。

大学では講師として年俸《ねんぽう》八百円を頂戴してゐた。子供が多くて、家賃が高くて八百円では到底暮せない。

朝日新聞社が漱石に提示した月給は二百円。年俸に直すと二千四百円。大学時の給与の三倍だ。そもそも月給二百円というのは、朝日新聞社社長の月給百五十円より高かった。小学校教員の初任給が月給十円程度だったことから考えると、**当時の二百円は今の三百～四百万円の価値**がある。さすが帝大卒のイギリス帰り、格が違う！

漱石の本名は「金之助《きんのすけ》」という。彼が生まれた旧暦の慶応三年一月五日は、干支《えと》で

いうと庚申《こうしん》に当たる。**庚申の生まれは大泥棒になる**という迷信があったために、厄除《やくよ》けの意味で名前に「金」の文字が入れられたのだ。結果、大泥棒にならず千円札の肖像として使われたのだから、厄除け効果は抜群にあったといえる。

東大教授という名誉よりも、朝日新聞社の提示した高い月給を選ぶあたり、やはり(運命的に)お金と縁があったようだ。

漱石のもらった原稿料を見ても、『**坊っちゃん**』の時は百四十八円、現在の約五十万円での買い取りだったのが、売れっ子になって作品集『鶉籠《うずらかご》』を出すあたりになると、出版社に印税を要求している。そのほうが、懐に入るお金が多くなるからだ。

さすが、夏目「金」之助!!

漱石とビートルズの「共通点」とは?

若い人が漱石を読む場合、『吾輩は猫である』や『坊っちゃん』あたりから入るだろう。その後、前期三部作の『三四郎』→『それから』→『門』と読み進む場合と、後期三部作の『こころ』から入り、『彼岸過迄《ひがんすぎまで》』『行人《こうじん》』を読むのでは、漱石に対するイメージはずいぶん違ったものになるだろう。

前期三部作はそれぞれ独立した物語だが、一連のストーリーのように読め、エンタメ性も少しある。しかし、後期三部作になると「エゴイズム」という大きなテーマに沿った内容になっていて、漱石の思索《しさく》も深化し、全体のトーンは重苦しい。

漱石はわずか十年程度の作家活動の間に、ずいぶんと作風も内容も変化させている。しかし、そのいずれもが傑作であるという点において、**漱石とビートルズは似ている。**ビートルズの最高傑作としてよく挙げられるのが『サージェント・ペパーズ・ロンリー・ハーツ・クラブ・バンド』だが、「いやいや最高傑作は『リボルバー』でしょ」「いやいやいや『アビイ・ロード』でしょ」と、侃々諤々《かんかんがくがく》議論されるのと同じで、好きな漱石作品は人によってさまざまだろう。

意見百出、結論は出ない。つまり、ビートルズの最高傑作はビートルズという存在であり、**漱石の最高傑作は「夏目漱石という人そのもの」**なのだろう。どの作品にも漱石という人が背後にいて不思議な魅力で読者を引き付け、読む人をファンにする、それが漱石文学というものだ。

そもそも夏目金之助が「漱石」というペンネームを付けたのは、大学予備門（のちの第一高等学校）に進み、**正岡子規**と出会ったことによる。子規の持っているたくさんのペンネームから、「漱石」を気に入って譲り受けたのだ。

これは中国の故事「漱石枕流《そうせきちんりゅう》」（負け惜しみの強いこと）に由来する。

その「負け惜しみが強い」と我を張っていた漱石は、十年の作家生活の間に作風を変化させるとともに、**「近代的自我」について深く思索し、独自の境地**にたどり着く。

則天去私《そくてんきょし》（天に則《のっと》り私《わたくし》を去る。『文章日記』大正六年一月の扉より）

これは自我を超えた絶対無私の姿そのままに生きるという、一種の**宗教的諦念《ていねん》の世界に入ること**を意味している。デカルトから始まる近代合理主義哲学を超える可能性のある**「則天去私」の世界を日本の文学で描くこと**、それこそが漱石のやるべき仕事だった。

一方、漱石は病気と切っても切れない縁の持ち主で、何度も胃《い》潰瘍《かいよう》で倒れ、痔や糖尿病にも悩まされた。酒が飲めない反動だろうか、大の甘党で、アイスクリームとビスケットを好み、ジャムを一日で一瓶空けてしまうような食生活だった。そりゃ胃潰瘍＋糖尿病になっても仕方ない。
一九一六（大正五）年、『明暗』の執筆途中で胃病が悪化し死去した。漱石の遺体は、東京帝国大学医学部において解剖され、脳と胃は寄贈された。脳は、現在もホルマリンに漬けられた状態で「傑出人の脳」として東京大学医学部に保管されている。

夏目漱石（一八六七－一九一六） 現在の東京都新宿区出身。帝国大学（現・東京大学）文学部英文科を卒業後、松山中学、第五高等学校などで英語を教え、イギリスに留学した。処女作『吾輩は猫である』、自伝的小説『道草』、前期三部作『三四郎』『それから』『門』など数々の傑作を著した。『明暗』執筆中に永眠。享年四十九歳。

匹婦の腹に生まれた「ザ・苦労人」

室生犀星

室生犀星《むろうさいせい》は、加賀藩の足軽頭《あしがるがしら》とその女中との間に私生児として生まれ、すぐに近くの真言《しんごん》宗寺院の住職である室生家に養子に出された。

生母は行方知れず、養母には虐待された犀星は次のように歌う。

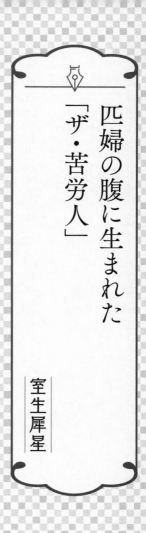

夏の日の　匹婦《ひっぷ》の腹に　うまれけり（『犀星発句集』）

「匹婦」というのは「身分の卑《いや》しい女」という意味だ。自分の出生を自嘲《じちょう》気味に詠んだこの歌からもわかるように、その生い立ちは犀星文学に深い影響を与えた。

十三歳の時、高等小学校を三年で中退し、金沢地方裁判所に給仕として奉職したが、給料のほとんどを義母に奪われた。しかし、文学に目覚めた犀星は短歌や詩を雑誌に投稿し、**北原白秋《きたはらはくしゅう》の**『**邪宗門**』に心酔していく。

「飯を食うため」詩人から小説家へ転身！「言語表現の妖魔」に

文学の志やまぬ犀星は仕事を辞め、帰郷・上京を繰り返して白秋に会い、萩原朔太郎《はぎわらさくたろう》と親交を持ち、ついに詩集『**愛の詩集**』を自費出版して詩人としてデビューした。続けて自費出版した『**抒情小曲集**』の中の詩句は有名だ。

ふるさとは遠きにありて思ふもの
そして悲しくうたふもの

それと同時に、『性に眼覚める頃』『幼年時代』などの小説をすさまじい勢いで発表し、やがて詩との訣別を宣言するに至った。

それは一つには**飯を食うため、という生活上の必要**に迫られてのことだった。

お金がなくなると金沢の養父の元に戻る、という生活を繰り返していた犀星だが、養父が亡くなると、頼るべきものがなくなってしまう。養父の遺産で生きていくのは困難だと悟った犀星は、売れない「詩」を捨て、売れる「小説」を書き始めた。

生活のため、「詩」と訣別したのだ。

犀星の文章は悪文と批判されることがある反面、**川端康成《かわばたやすなり》が「言語表現の妖魔」**と指摘したように、不思議な魅力をたたえていた。

芥川、朔太郎、白秋……同志に捧げた「鎮魂の言葉」

犀星は、芥川龍之介《あくたがわりゅうのすけ》と親交があった。だから芥川の自殺には激しい衝撃を受けたが、追悼文や思い出などの執筆は一切断っている。その後も友人だった萩原朔太郎、北原白秋、堀辰雄《ほりたつお》などが次々と亡くなり、創作の筆は鈍っていく。

戦後十年が経ち、六十六歳を過ぎた頃、犀星は再び旺盛な創作意欲が戻り、半自叙伝的な長編小説『杏《あんず》っ子』、評論『我が愛する詩人の伝記』、小説『かげろふの日記遺文』『蜜のあわれ』などの佳作を次々と書いた。

詩人は早く死んではならない、何が何でも生き抜いて書いていなければならないのだ（『我が愛する詩人の伝記』）

とは、亡くなった同志たちに向けられた鎮魂《ちんこん》の言葉であり、犀星の覚悟だろう。晩年に書かれた『蜜のあわれ』という小説は、コケティッシュな少女に変身する金魚と、そんな彼女に恋する老作家との関係を、全文会話という実験的なスタイルで書いた不思議な作品だ。

「おじさまはそんなに永い間生きていらっしって、何一等怖かったの、一生持てあましたことは何なの。」

「僕自身の性慾のことだね、こいつのためには実に困り抜いた、（後略）」

やぶれかぶれながら「妻一筋」の覚悟で生きた人

犀星は、作家になる以前に出会った小学校教師の浅川《あさかわ》とみ子という女性と結婚して一生添い遂げている。文学好きのとみ子は「最愛の妻」であると同時に「最大の理解者」であり、二人は一男一女をもうけている。

家庭を大切にしていた室生犀星。「僕自身の性欲」は持てあまさなかったのか？

敬愛する白秋が姦通事件を起こし、親友の朔太郎が二度離婚しているのに対して、犀星はとみ子一筋だった。しかも、とみ子は四十三歳で脳溢血に倒れて半身不随となり、約二十年間妻の介護をした。**自分の不幸な生い立ちから、家庭を大切にするという覚悟**を持って彼は生きた。

「お母様ほど幸せな女はいません。

お父様がとても優しい人だから』

とみ子は、娘にそう語っている。
犀星は最晩年、尿閉《にようへい》で入院してから退院するまでを描いた私小説『われはうたへども やぶれかぶれ』で絶唱し、「老いたるえびのうた」という詩を絶筆として残した。

けふはえびのように悲しい
角《つの》やらひげやら
とげやら一杯生やしてゐるが
どれが悲しがつてゐるのか判《わか》らない。

ひげにたづねて見れば
おれではないといふ。
尖《とが》つたとげに聞いて見たら
わしでもないといふ。

それでは一体誰が悲しがつてゐるのか
誰に聞いてみても
さつぱり判らない。

生きてたたみを這《は》うてゐるえせえび一疋《いっぴき》。
からだじうが悲しいのだ。

室生犀星（一八八九−一九六二）石川県金沢市出身。私生児として生まれ、その後住職の養子になる。高等小学校を中退して就職した後、詩集『愛の詩集』『抒情小曲集』を出して詩人として認められる。その後一転して小説家としてその地位を確立し、芥川賞の選考委員になる。代表作に、自叙伝的小説『杏っ子』、評論『我が愛する詩人の伝記』など。享年七十二歳。

生活力なし！ ヒロポン中毒の大阪人

織田作之助

「オダサク（織田作）」の愛称で親しまれた**織田作之助**《おださくのすけ》は、現在の大阪市天王寺区生まれ。貧乏長屋の仕出し屋の息子だった。

大阪で生まれ、大阪で育ち、大阪で大阪を描き、大阪でカレーを食し、大阪に墓がある……オダサクは徹頭徹尾、大阪にこだわった。

貧乏長屋から第三高等学校（現・京都大学総合人間学部）に進む秀才ぶりを発揮したオダサクを、卒業した小学校の児童が総出で見送るという話もあったくらいだが、残念ながら三高の卒業試験中に喀血し、中退した。

借金取りが年中出入り！ ほぼ実体験の『夫婦善哉』

一九三五（昭和十）年頃から作家活動を開始したオダサクは、芥川賞候補になった一九四〇年に発表した『**夫婦《めおと》善哉《ぜんざい》**』で、大阪の下町にたくましく生活する庶民の姿を生き生きと描いて注目された。『夫婦善哉』はこんな書き出しで始まっている。

年中借金取が出はいりした。節季《せっき》はむろんまるで毎日のことで、醤油屋、油屋、八百屋、鰯屋、乾物屋、炭屋、米屋、家主その他、いずれも厳しい催促だった。

軟弱で生活力のないダメな夫を、**しっかり者の女房が支える**という典型的な大阪夫婦を描いた物語は、**オダサクの実体験**に基づいて描かれている。

『夫婦善哉』の夫婦は、いくつもの商売をやってはどれも長続きせず鞍替《くらが》えしていくのだが、作中、何百円貯めた、何十円使ったという数字が散見されるのも、いかにもリアリストの大阪人らしいところだ。

「阪田の端歩突き」に感激するオダサク

オダサクが大阪にこだわったのは、一つには「アンチ東京」というところもあった。それはお金の損得以上に、人生の損得にプライドを持つ大阪人気質の表われともいえる。

オダサクは、**大阪に生きた反骨の棋士、阪田三吉《さかたさんきち》**（「坂田」とも書く）に対しても愛着を持って何度か作品で取り上げている。

少し回り道になるが、オダサクの人となりを知るうえで重要な、将棋棋士・阪田三吉について話そう。

北条秀司《ほうじょうひでじ》原作による戯曲『王将』や映画の大ヒット、さらに歌のモデルとしても有名な阪田は、生涯覚えた漢字は「三」「吉」「馬」の三字だったというくらい、勉学には縁がなかった。しかし、将棋に関しては独学で縁台将棋から賭け将棋を経て、ついに関西を代表するプロ棋士にまで上り詰める。

そして関西と関東の雌雄《しゆう》を決する「南禅寺《なんぜんじ》の決戦」が、一九三七（昭和十二）年二月五日から行なわれることになった。阪田の孫弟子に当たる内藤國雄《ないとうくにお》が、この南禅寺の決戦を**「三百七十年に及ぶ将棋の歴史の中で、最大の一番」**と記している。

この時、阪田はすでに六十六歳。関西将棋界を背負う彼もすでに老境に入り、のちに大名人となる関東代表の若き木村義雄《きむらよしお》との戦いは、厳しいものになることが予想された。

そこで後手の阪田が、その初手に誰もが予想だにしなかった反骨の一手を打つ。

△9四歩

これが「阪田の端歩突き《はしふづき》」と後世に語り継がれるもので、阪田は後手でありながらさらに一手損となる手を最初に打った。この時、オダサクは新聞で阪田の端歩突きを知り、感激して**「阪田はやったぞ。阪田はやったぞ」**と叫んだという。

しかし、結局この一手が響いた形となり、勝負は九十五手で先手の木村義雄の勝ちに終わっている。

もし、単に勝負にこだわり、地位や名誉を得ることに意味を見出すなら、こんな馬鹿な手は打たないはずだ。

それを称賛するオダサクの大阪人としてのプライドは、いくらお金に苦労しても、お金の奴隷にはならないという意思表示だろう。

戦後流行作家になったオダサクは、当時としては高い原稿料を出版社にふっかけていたようだが、入ってきたお金はすべて浪費してしまう癖があった。無頼派の面目躍如《めんぼくやくじょ》というところだろう。

「トラは死んで皮をのこす　織田作死んでカレーライスをのこす」

オダサクの作家生活は実質七年。戦後に至ってはわずか一年しか活動期間はない。井原西鶴《いはらさいかく》を敬愛し、大阪弁を愛し、庶民的視点で世相《せそう》を描いて人気作家となったオダサクは、**「ヒロポン注射・ビタミンB摂取・救心服用」**の三点セットを乱用し、「ビタミンB打って救心のむと、ほんとはヒロポン中毒しないんだけど」などとうそぶくような、デカダンな生活を送った。

写真家・林忠彦《はやしただひこ》は『文士の時代』という傑作写真集の中で、出会ったばかりのオダサクを見て「この作家は、あんまり長くないから撮っておかなければ、と思いました」と書いている。

案の定、オダサクは覚醒剤の一種、ヒロポンに体を蝕まれ、たびたび喀血するようになった。喉《のど》に血が詰まって息ができなくなると、彼の妻は口で吸い出すなど献身的な看護をしていたという。

お前に思いが残って、死にきれない。

オダサクは大阪と
カレーライスを愛した

一九四六（昭和二十一）年、執筆中に結核による大量吐血で入院。そのうち、妻にこう言い残して息絶えた。

オダサクは、難波《なんば》にある「大阪名物自由軒のカレー」が大好物で、毎日のように食べていた。いわゆる「カレーライス」とは異なり、ごはんとカレールーを混ぜてリゾット状にした上に、生卵を一つ落としたものだ。
『夫婦善哉』の中にも登場する同店だが、自由軒本店には執筆中の織田作之助の写真が飾ってあり、その額縁には、

「トラは死んで皮をのこす　織田作死んでカレーライスをのこす」

と、書かれている。

織田作之助（一九一三－一九四七） 現在の大阪市天王寺区出身。第三高等学校中退。太宰治《だざいおさむ》、坂口安吾《さかぐちあんご》、檀一雄《だんかずお》らとともに、「無頼派」「新戯作派」と呼ばれた。芥川賞候補になって注目を集め、『夫婦善哉』で作家としての地位を確立する。享年三十三歳。

十七歳で一家の大黒柱！「薄幸の天才」

樋口一葉

生来賢く、文学に興味を持っていた**樋口一葉**《ひぐちいちよう》は、多額の借金を残して亡くなった父の代わりに、十七歳にして一家を背負うことになった。しかし貧乏のため栄養失調になり、**許嫁**《いいなずけ》**からは婚約破棄**までされてしまう。

ペンネームの「一葉」とは、「一枚の蘆《あし》の葉」に乗って川（海とも）を渡ったとされる達磨《だるま》大師《だいし》（蘆葉《ろよう》達磨）に由来する。「達磨は足がない＝おあしがない＝お金がない」とは、まさに貧乏のどん底にいた彼女にぴったりの**ブラックペンネーム**だった。

男やもめの先輩文士と「一杯のお汁粉」から始まる恋

そんな折、目の前に現われたのが東京朝日新聞専属作家の半井桃水《なからいとうすい》だった。十歳ほど年上の桃水は、すでに新聞小説家としての地位を確立していた。一葉は、作家としての収入で一家を支えたいと考えていたので、その門下に加わり、指導を受けることにした。

桃水は妻に先立たれた男やもめだった。決して美男子ではなかったが長身で色白、おだやかな語り口の中にも文学への真摯《しんし》な思いを秘めていた。なによりも一葉の貧しい境遇を理解し、優しく作家修業を指導してくれる先輩文士であった。

ある冬の寒い日、桃水が一杯のお汁粉《しるこ》を作ってくれた。そんな桃水に対して、一葉の一途《いちず》な気持ちが尊敬から恋愛に変わるには、さほど時間はかからなかった。

切なる恋の心は、尊ときこと神の如し。（「随想録一」）

一葉がこう記したように、二人は親密の度を増していく。

貧乏のどん底、二十一歳で「恋って、浅ましい!」と諦観

処女作「闇桜《やみざくら》」は桃水の校閲《こうえつ》を経て発表されたが、掲載されたのは同人誌にすぎず、新聞に掲載されて原稿料を得ようと思っていた一葉はひどく落胆した。また、桃水との関係が師弟を超えたものだという噂が立つに及んで、桃水とは絶縁し、門下を離れることにした。

文学の師との恋愛がスキャンダルになり、世間からも文壇からも見放された一葉は、作品も売れず貧乏のどん底を経験する。

知り合いの男性に借金を頼みに行くと、「妾《めかけ》にならないか」と誘われたり、一度破談した婚約者から「よりを戻そう」と言われたりと、散々な目に合う日々だった。

一葉は恋愛に関して絶望の境地に至った。

まことに入立《いりたち》ぬる恋の奥に何物かあるべき。もしありといはゞ、みぐるしく、

にく〻、うく、つらく、浅ましく、かなしく、さびしく、恨めしく、取つめていはんには、厭《いと》はしきものよりほかあらんとも覚えず。あはれ其《その》厭ふ恋こそ恋の奥成《なり》けれ。(『につ記』明治二十六年七月五日)

恋の奥にあるものは、「見苦しく、憎く、憂《う》く、辛く、浅ましく、哀しく、寂しく、恨めしく」、何一つよいものなんてないという諦念。そして「厭ふ恋」、つまり「**恋とは嫌なもの**」という境地に、二十一歳にして達した。

しかし、その絶望からのスタートこそが、この後の「**奇跡の十四カ月**」を生んだのだ。

「奇跡の十四カ月」で不滅の作品を生み出す

二十三歳にして「晩年」を迎えた薄幸の天才一葉は、まさに命を完全燃焼させるような「奇跡の十四カ月」（一八九四〈明治二十七〉年十二月～一八九六〈明治二十九〉年二月）を開始した。

死まであと一年半……カウントダウンは始まっていた。

貧困から盗みをはたらくことになる主人公の大晦日《おおみそか》の顚末である『**大つごもり**』を皮切りに、『**にごりえ**』では、その頃に現われた新しい風俗の銘酒屋《めいしゆや》（私娼窟《くつ》）の酌婦《しやくふ》と客の生態を写実的に描いた。

『**たけくらべ**』は、吉原付近を舞台に、ゆくゆくは遊女にされる少女と寺の跡取り息子との淡い恋心を表現した。

この作品に対して、森鷗外《もりおうがい》は雑誌『めさまし草《ぐさ》』にて、此人《このひと》にまことの詩人といふ称《しょう》をおくることを惜《おし》まざるなり。

と激賞している。

その後も傑作が立て続けに書かれたが、「奇跡の十四カ月」は終わりを告げる。この頃の一葉は、当時治療法がなかった肺結核を患っており、わずかな原稿料はすべて借金の返済と生活費に消えていた。まだうら若き二十四歳六カ月で、そのはかない命を静かに閉じた。

一葉が長く生きたからといって、これ以上の傑作が書かれ続けていたとは限らないが、歴史の「もしも」を想像したくなる作家であったことは間違いない。

樋口一葉（一八七二－一八九六）現在の東京都千代田区出身。青海《せいかい》学校小学高等科第四級卒業後、歌塾「萩《はぎ》の舎《や》」に入門。日本初の職業女流作家となったが、活動期間はわずか一年半余り。代表作は『大つごもり』『にごりえ』『たけくらべ』など。二十四歳六カ月で肺結核により死去。

酒びたり放浪生活で「パンクな句」を連発！

種田山頭火

種田《たねだ》山頭火《さんとうか》は、俳誌『層雲』を主宰していた荻原井泉水《おぎわらせいせんすい》を師とし、自由律俳句を詠んだ。自由律俳句は、俳句の約束事である季語や五・七・五を無視し、自身の感性や言葉のリズムを重んじるものだ。

分け入っても分け入っても青い山
まっすぐな道でさみしい

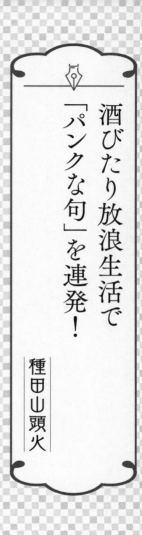

これが本当に俳句なのか、というくらいの自由さだ。俳句という一見古風な文学ジャンルの文士であることを忘れるくらい、山頭火の人生はパンクなものだった。

「まず、ほろほろ、それからふらふら」……酔っぱらいワールド全開！

山頭火は大地主の家に生まれたが、決して楽な生い立ちではなかった。十歳の時に母が自殺、早稲田大学へ進学したものの神経衰弱のため退学。そうこうしているうちに実家は破産し、父は行方不明、弟の自殺など不幸が相次ぎ、山頭火は酒びたりの生活に陥る。彼は、酒に酔っていく過程を次のように書いている。

まず、ほろほろ、それからふらふら、そしてぐでぐで、ごろごろ、ぼろぼろ、どろどろ

手を出した古本業もうまくいかず、離婚された山頭火は、死ぬつもりで泥酔し、熊本で市電の前に立ちはだかって急停車させる、という自殺未遂事件を起こした。

その事件をきっかけに出家得度《しゅっけとくど》したのち寺の堂守《どうもり》をしていたが、同門で自分より三歳年下の**尾崎放哉《おざきほうさい》**が四十一歳の若さで死去したことにショックを受け、法衣《ほうえ》をまとい一笠一杖《いちりゅういちじょう》の姿で乞食《こつじき》僧として行乞行脚《ぎょうこつあんぎゃ》を開始した。

九州、山陽、山陰、四国と、各地に庵《いおり》を結びながら山頭火は放浪を続けた。その間もカルモチンで自殺未遂、泥酔、買春……**現世や己の欲望を断ち切れないままの放浪生活は七年間も続いた**が、その中で多くの名句が生まれていく。

出家後、漂泊の旅へ。山頭火は、死に至るまで全国行脚を続けた

「昭和の芭蕉」は無一文の乞食僧だった

最後に結んだ庵は愛媛県松山市の「一草庵《いっそうあん》」。

そこで山頭火を信奉する人々による句会が行なわれた

中、山頭火はいつものように、泥酔の果てにイビキをかいて寝ていた。

いつもなら、のんきに句でも詠みながら起きてくるはずだった。しかしこの日、山頭火は脳溢血を起こしており、翌朝亡くなっているのを発見された。最後は無一文の乞食僧となったが、見事なパンク人生だった。晩年の日記にこう記している。

無駄に無駄を重ねたような一生だった、それに酒をたえず注いで、そこから句が生まれたような一生だった

山頭火は、生前七冊の句集を出したが、一般的にはまだ無名に近かった。しかし、今では多くのファンが生まれ、**「昭和の芭蕉《ばしょう》」**と呼ばれ愛されている。

種田山頭火（一八八二－一九四〇） 現在の山口県防府《ほうふ》市出身。東京専門学校高等予科を経て早稲田大学へと進むが退学。荻原井泉水に師事し、自由律俳句を作る。出家得度したのち、托鉢《たくはつ》生活を続ける。代表作は『鉢《はち》の子』『山行水行《さんこうすいこう》』など。最後は松山市に結んだ「一草庵」で脳溢血にて亡くなる。享年五十七歳。

コラム

文士と薬物

「ヒロポン」は戦後数年間、「疲労の防止と回復」というキャッチコピーで合法的に売り出されていた。だが本当のところは覚醒剤の商標名で、一時的に気分が高揚し元気になるが、乱用すると幻覚や妄想などのヒロポン中毒が生じる恐ろしい薬だった。

無頼派と呼ばれた作家たちの多くはこのヒロポンに手を出し、何日も寝ないで興奮状態のまま執筆を続けるという、超人的な仕事ぶりを発揮した。また、アドルムなどの睡眠薬中毒に陥る作家もいた。

薬物中毒ナンバーワンといえるのが、無頼派の一人、田中英光《たなかひでみつ》という作家だった。英光は、ロサンゼルス・オリンピック出場のボート選手で、とにかく体力があった。それを過信してか、それとも若さゆえの所業か、ウイスキーをビールのようにガブガブ飲み、アドルムを酒の肴《さかな》にかじったりするなど無茶苦茶だった。

英光は師と仰いでいた太宰治の自殺にショックを受け、薬物中毒による妄想のため同棲相手を刺すなどして、太宰の墓前でアドルム三百錠と焼酎一升を飲み、安全カミソリで左手首を切って自殺した。もったいない死だった。

4章

「ピュアすぎる」のも考えもの

……どうしても〝突き詰めず〟にはいられない！

ハンサムが台無し！心中して腐乱死体で発見

有島武郎

一九二三（大正十二）年六月、**有島武郎《ありしまたけお》**と波多野《はたの》秋子《あきこ》は軽井沢の有島別邸で縊死心中を遂げた。

二人の遺体が見つかった時には、すでに死後約一カ月が経過していたため、ひどく腐乱した状態だった。死体には蛆《うじ》虫が巣くい、誰なのか判別できなかったという。武郎は四十五歳、秋子は二十九歳だった。

死の直前、武郎は何通かの遺書をしたためていた。中でも武郎を諫《いさ》め、自殺を制止してくれた親友に宛てたものは、名文中の名文だ（表記を読みやすく変えている）。

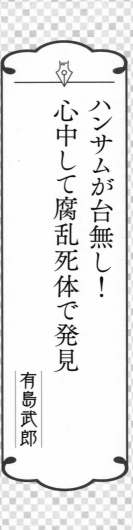

兄（※）の熱烈なる諌止《かんし》にもかかはらず私達は行く。僕はこの挙《くわだて》を少しも悔ゐず唯十全の満足の中にある。秋子も亦同様だ。（中略）山荘の夜は一時を過ぎた。雨がひどく降ってゐる。私達は長い路を歩いたので濡れそぼちながら最後のいとなみをしてゐる。森厳だとか悲壮だとかいへばいへる光景だが、実際私達は戯れつつある二人の小児に等しい。愛の前に死がかくまで無力なものだとは此瞬間《このしゅんかん》まで思はなかった。

恐らく私達の死骸は腐爛して発見されるだらう。

※「兄」とは親友であった足助素一《あすけそいち》のこと。

「僕等は死ぬ目的をもって、この恋愛に入ったのだ」

「白樺派《しらかば》」を代表する作家の武郎と人妻との心中は、世間を驚嘆させた。

秋子は「眼が大きく活々《いきいき》と輝き、顔の輪郭や鼻の形などは希臘型《ギリシア》」（滝田樗陰《たきたちょいん》）と形容される美人だった。『婦人公論』の編集者をやっていたが、当時超売れっ子だった芥川龍之介《あくたがわりゅうのすけ》に原稿を書かせることができたのも、秋子が美人だったからだといわれ

腐乱死体で発見された有島武郎と波多野秋子。
美男美女が台無し

ている。

二人が出会った時、武郎は妻に先立たれて独り者だったが、秋子には波多野春房《はるふさ》というかなり年上の夫がいた。夫との関係に疲れていた秋子にとって、物腰柔らかなエリートの武郎はとても好ましい男だったのだろう。

武郎は秋子と何度か別れようとしたが、秋子の魅力には逆らえなかった。そして、ついに二人の関係は春房の知るところとなる。

当時、人妻との姦通は罪だ。「俺は商人だ」と自認する春房は、武郎に一万円を要求する。当時の一万円は、現在の価値に直すと五百～一千万円の大金だ。有島家はかなりの資産家。金で解決するのは簡単だった。

しかし、武郎は愛する秋子との関係をお金で解消することをよしとしなかった。要求を呑まないならば警察に訴える、と春房は脅す。

しかし、「**実は僕等は死ぬ目的をもって、この恋愛には入ったのだ。死にたい二人だったのだ**」と告白しているように、二人の姦通は死を覚悟したうえでのスタートだった。

皇太子の御学友に選ばれた「品行方正の美男子」の恨み

ブルジョワ階級に生まれ、賢く美男子でもあった武郎はモテにモテた。

彼が美男子だったのは、長男で俳優の森雅之《もりまさゆき》のカッコよさを見ればわかろうというもの。しかも武郎は、学習院中等科時代、皇太子（のちの大正天皇）の御学友に選ばれるほど、品行方正で優秀な生徒だった。

時代の空気が大正デモクラシーから戦前の暗い世相へ向かうと、武郎は自分が支配階級に属していることに悩み始め、一時期筆を折る。

台頭するプロレタリア運動への共感を表明したものの苦悩は続き、生来真面目な武郎は精神的に追い詰められていった。

そうした時期に秋子と出会い、姦通、心中へと突き進んだのは、愛とは何かを問い続け、その純粋性を追求する彼にとっては、愛の行き着くところとして必然的な流れだったのだろう。

武郎の愛についての考え方は、『惜みなく愛は奪ふ』の次の言葉に集約される。


愛の表現は惜みなく与へるだらう。然《しか》し愛の本体は惜みなく奪ふものだ。

有島武郎（一八七八－一九二三） 東京都文京区出身。学習院中等科卒業後、札幌農学校（現・北海道大学）に進学、キリスト教の洗礼を受ける。その後渡米して学ぶ。志賀《しが》直哉《なおや》や武《む》者小路《しゃのこうじ》実篤《さねあつ》らとともに「白樺派」と呼ばれた。代表作は『カインの末裔《まつえい》』『生《うま》れ出《い》づる悩み』『或る女』や、評論『惜みなく愛は奪ふ』など。波多野秋子と縊死心中を遂げた。享年四十五歳。

日本酒すら煮立てて飲む「潔癖症」

泉鏡花

文壇一の「潔癖症」は泉鏡花《いずみきょうか》で決まりだろう。彼の潔癖症は次のように「病気」と呼んでもいいレベルだ。

①ナマのものは絶対に食べない
②常に携帯している消毒用のアルコールランプで食べるものすべてを炙《あぶ》る
③お茶はもちろん、日本酒すら煮立てて飲む

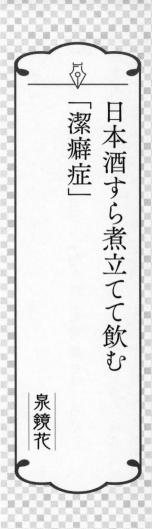

①はまだ理解できる。②に関しては、お菓子だろうが果物だろうが、なんでも炙ってから食べ、さらに手づかみで食べる場合は、手でつかんだ部分はバイ菌がついているからと、食べずに捨てるという徹底ぶりだ。

③に至っては、日本酒の冷《ひや》は嫌だと、グツグツ煮立てた酒を好んで飲む。飲み仲間は、この熱々になってアルコールの飛んでしまった、もはやお酒とはいえない代物《しろもの》を**「泉燗《いずみかん》」**と称していた。ちなみに大根おろしまで煮て食べた（笑）。

こうした潔癖症は、当然ながら鏡花の作品にも及んでいる。

たとえば、彼はよく火の通った湯豆腐を好んだが、豆腐には「腐る」の字が入っているから気に入らないと、作品中では「豆府」と表記しているのだ。

師匠・尾崎紅葉から大目玉！「俺を捨てるか、婦を捨てるか」

十五歳の時、鏡花は尾崎紅葉《おざきこうよう》の出世作『二人比丘尼色懺悔《ににんびくにいろざんげ》』を読んで感動し、自らも文学の道を志すようになった。そして金沢から上京して十八歳の時に紅葉宅の住み込みの門下生となり、そこで「鏡花」という号をもらった。

田山花袋《たやまかたい》など多くの門下生を抱えていた紅葉だが、鏡花の原稿に朱を入れてやるなどして、一番弟子として可愛がった。鏡花もそれに応えるように師への献身を尽くした。ところが、あることで紅葉の怒りを買ってしまう。

それは、女だ。

『夜行巡査』や**『外科室』**を発表し、新進作家として認められ始めた頃のこと。紅葉が中心となって活動する文学結社「硯友社《けんゆうしゃ》」（238ページ参照）の新年会の席で、鏡花は芸妓の桃太郎（伊藤《いとう》すず）と出会った。

幼い頃亡くなった最愛の母の名前も「すず」。運命的なものを感じ、互いに惹かれ合った二人は同棲を始めるが、これが紅葉の耳に入ると、大目玉を食らってしまう。**紅葉から「俺を捨てるか、婦《おんな》を捨てるか」と究極の選択を迫られる**始末。

師を敬愛する鏡花は「婦を捨てます」と言い切ったものの、とうてい納得できなかった。というのも、紅葉こそ女性関係に奔放な男で、結婚しているのに芸妓を愛人として囲うなど、好き勝手をやっていたからだ。

紅葉は紅葉で、「芸妓はあくまで遊びで、結婚する相手は名家の女性であるべきだ」という考えがあった。また芸妓を囲うにしても、「まだまだ駆け出しのお前には百年早い、自分みたいに売れてからにしろ」と言いたかったのかもしれない。

実体験が生んだ「別れの名セリフ」

究極の選択を迫られた鏡花は、泣く泣くすずとの別れを選ぶのだが、その別れの場面は小説『婦系図《おんなけいず》』で描かれ、その後何度も舞台化、映画化されるなどして名セリフも生まれている。

ここでの「早瀬」は鏡花、「お蔦《つた》」はすずがモデルである。

早瀬　俺と此《これ》ッ切《きり》別れるんだ。（中略）
お蔦　切れるの別れるのッて、そんな事は、芸者の時に云ふものよ。……私にや死ねと云つて下さい。蔦には枯れろ、とおつしやいましな。

――「切れるの別れるのって、そんな事は、芸者の時に云うものよ」。

かっこいいね。こんなこと言われたら、男は別れられない。

実際、二人は別れなかった。同棲は解消したが、こっそりと交際を続けていたのだ。運のいいことに（?）、この半年後に紅葉が三十五歳という若さで急死したことによって、二人は復縁することができた。そして、紅葉の死後に鏡花は二人の離別のさまを『婦系図』という作品に昇華《しょうか》させた。

ただ、紅葉に対しての義理立てからか、実際に籍を入れたのは二人が出会ってから二十七年目、鏡花が五十二歳の時だった。

二人はとても仲睦《むつ》まじい夫婦で、鏡花はすず夫人の料理しか口にせず（潔癖症だから当たり前か）、生涯の女性も一人と決めて、決して他に手を出さなかった。

幻想小説の傑作『高野聖』はマザコンの裏返し?

鏡花の『高野聖《こうやひじり》』は幻想小説の傑作として知られている。

ヒロインは、肉体関係を持った男たちに息を吹きかけ、獣の姿に変える妖力を持っている女性。その誘惑から危うく逃れた高野山の旅僧が、自分の体験した怪奇譚《かいきたん》を話して聞かせるという設定だ。
その婦人の描写があまりに艶《なまめ》かしい。

婦人《おんな》は何時《いつ》かもう米を精《しら》げ果てて、衣紋《えもん》の乱れた、乳《ちち》の端《はし》もほの見ゆる、膨《ふく》らかな胸を反《そら》して立った、鼻高く口を結んで目を恍惚《うっとり》と上を向いて頂《いただき》を仰いだが、月はなほ半腹《はんぷく》の其《そ》の累々《るいるい》たる巌《いわお》を照《てら》すばかり。

鏡花は十歳の時に母を亡くしていて、その反動として、ゴータマ・シッダールタ（釈迦《しやか》）の生母である摩耶夫人《まやぶにん》を祀《まつ》る摩耶信仰を終生保持した。マザコンの裏返しだ。
潔癖症といい、マザコンといい、文学をなす者の業とはつくづく深いものである。

泉鏡花（一八七三－一九三九） 現在の石川県金沢市出身。北陸英和学校（現・北陸学院）中退。尾崎紅葉に師事し、明治後期から昭和初期にかけて活躍した。『夜行巡査』『外科室』で評価を得、一時期低迷するも幻想文学の傑作『高野聖』で人気作家になり、『婦系図』などの傑作を次々と発表した。享年六十五歳。

智恵子との「ピュアピュア♡」な関係

高村光太郎

かつて中学や高校の国語の教科書にもよく載っていた高村光太郎《たかむらこうたろう》の詩がある。誰もがその冒頭部分を口ずさめるのではないだろうか。

僕の前に道はない
僕の後ろに道は出来る
ああ、自然よ
父よ

こう始まる有名な詩**「道程《どうてい》」**は、生命の力強さ、青春賛歌に満ちたものだった。

光太郎は上野の西郷隆盛《さいごうたかもり》像などで知られる彫刻家・高村光雲《こううん》の長男として生まれ、東京美術学校（現・東京藝術大学）の彫刻科を卒業したのち、ニューヨーク、ロンドン、パリなどに留学して海外の新しい芸術の息吹を体感した。

帰国した光太郎はアトリエを構えて旺盛に芸術作品を制作するとともに、一九一四（大正三）年に詩集『道程』を出版した。

そんな彼の前に**運命の女性**が現われる。**長沼智恵子《ながぬまちえこ》**という名の女性だった。智恵子は、新進の女性画家として、雑誌『青鞜《せいとう》』創刊号の表紙絵を描くなど、次第に注目されるようになっていた。

光太郎三十歳、智恵子二十七歳。二人は、たちまち恋に落ちた。

あなたが私に会ひに来る
——画もかかず、本も読まず、仕事もせず——
そして二日でも、三日でも
笑ひ、戯《たわむ》れ、飛びはね、又抱き

さんざ時間をちぢめ
数日を一瞬に果す（「人に」）

小さなアトリエで「お馬どうどう」の密室純愛

結婚した二人は、互いをむさぼるように激しく愛し合った。

をんなは多淫《たいん》
われも多淫
飽かずわれらは
愛慾に光る（「淫心」）

裸の光太郎の背中の上に、同じく裸の智恵子が乗って、「お馬どうどう、ほら行けどうどうと、アトリエの板の間をぐるぐる廻って

智恵子は光太郎と
たちまち恋に落ちた

歩いた」（室生《むろう》犀星《さいせい》『我が愛する詩人の伝記』）という。

小さなアトリエの中は二人だけの世界であり、一つの宇宙だった。世間から遮断されたその生活は、貧しくとも芸術のために捧げられた美しさがあった。

しかし、病弱だった智恵子は、実家の破産がきっかけで健康状態が悪化し、次第に精神も病んでいき、ついに入院することになった。

精神病には簡単な手工をするとよい、という話を聞いた光太郎は、智恵子にたくさんの千代紙を与えた。智恵子は病室で千羽鶴を折り、切り絵をするなどの創作に励むようになり、五十二歳で亡くなるまでに千数百点の紙絵を生み出した。

智恵子の死後、光太郎は詩集『**智恵子抄**』を出版した。

智恵子は東京に空が無いといふ、
ほんとの空が見たいといふ。
私は驚いて空を見る。（「あどけない話」）

この愛の詩集には、光太郎が智恵子と結婚する前から、彼女が亡くなるまでの三十年間にわたって書かれた詩や短歌などが収められている。

光太郎は日本軍の真珠湾攻撃を賛美し、多くの戦争協力詩を作ったことを戦後になって恥じた。自責の念から、寒風吹きすさぶ地で、独り質素な山小屋生活を七年も送った。

その小屋の広さは土間を含めて約二十五平方メートルしかなく、吹雪の時は小屋の中まで雪が吹き込んで積もるようなありさまだった。自給自足の農耕生活で、手はマメだらけになった。

厳しく質素な生活の中、光太郎はやがて自らを反省し批判した作品を含む詩集『典型』を刊行した。求道《ぐどう》者的な彼らしい生き方と作品だ。

小屋を埋める愚直な雪、
雪は降らねばならぬやうに降り、
一切をかぶせて降りにふる。

一九五二（昭和二十七）年、光太郎は十和田湖畔《とわだこはん》に建立する記念碑の制作を、青森県から依頼される。そこで光太郎が完成させたのが**「乙女の像」**だ。二人の女性が手を合わせているこの立像を見たことがある人も多いのではないだろうか。

その像の顔が智恵子に似ているという指摘に対して、「智恵子だと言う人があってもいいし、そうでないと言う人があってもいい。見る人が決めればいい」と答えている。

像の完成から三年後、智恵子の思い出を胸に秘めたまま、光太郎はひっそりと肺結核で死去した。


高村光太郎（一八八三－一九五六） 現在の東京都台東区出身。彫刻家の高村光雲の長男として生まれ、東京美術学校（現・東京藝術大学）美術学部彫刻科を卒業後、海外で学ぶ。帰国してからは、既成の日本の美術界と距離を置き、彫刻に軸足を置きながら、詩や歌などの作品を発表し続けた。代表作として『道程』『智恵子抄』などの詩集や、多くの彫刻作品がある。享年七十三歳。

ゴッホ同様、生前まったく売れず！

宮沢賢治

今でこそ、多くのファンを持ち、高い評価を受けている**宮沢賢治**《みやざわけんじ》だが、生前に刊行されたのは、詩集『**春と修羅**《しゅら》』と、童話集『**注文の多い料理店**』の二冊のみ。さらにいえば、ほとんど売れなかった。

生前に賢治が受け取った原稿料は、雑誌に投稿した童話『雪渡り』で得た五円だけであったといわれている。こう書いていると、生前に一枚しか絵が売れなかったといわれている**ゴッホに似た境遇**だと思えてくる。

「知られざる天才」はこうしてレジェンドになった

しかし、捨てる神あれば拾う神あり。詩誌『詩神《ししん》』で賢治のことを論じた際に、現在の日本詩壇に天才がゐるとしたなら、私はその名誉ある「天才」は宮沢賢治だと言ひたい。

と、賢治の詩や童話を高く評価し、理解した**草野《くさの》心平《しんぺい》**という詩人がいた。ただ、残念ながら心平は生前の賢治に会うことなく、初めて宮沢家を訪れたのは賢治の初七日《しょなのか》の時だった。

神武《じんむ》天皇以来、あんな見事な童話は、曽《かつ》てなかったです（草野心平「四次元の藝術」）

こう確信した心平は、賢治の遺した原稿を整理し、全集・選集の編纂《へんさん》を通じて作品を世に広めた。そして、この知られざる天才、宮沢賢治は神格化されていった。

賢治は音楽に造詣《ぞうけい》が深かった。ベートーヴェンやチャイコフスキー、ショパンなどの曲をレコードで聴き、自らセロ（チェロ）やオルガンを弾き、作詞作曲も行なっている。

詩集である『春と修羅』も、音楽作品であるかのように、目で見てもそこに美しい音の調べが感じられる。賢治はこの作品を「詩」でなく、「心象《しんしょう》スケッチ（mental sketch modified)」と呼んでいた。

砕ける雲の眼路《めぢ》をかぎり
　れいらうの天の海には
　　聖玻璃《せいはり》の風が行き交ひ
　　　ZYPRESSEN 春のいちれつ
　　　　くろぐろと光素《エーテル》を吸ひ

その暗い脚並からは
天山の雪の稜さへひかるのに
（かげらふの波と白い偏光）
まことのことばはうしなはれ
雲はちぎれてそらをとぶ
ああかがやきの四月の底を
はぎしり燃えてゆききする
おれはひとりの修羅なのだ

意外なスケベ心を持っていた賢治

十八歳の時に病気で入院した賢治は、その病院に勤める看護婦に片思いし、結婚したいと父に告げる。しかし、お互いにまだ若すぎるため、反対されて諦めている。

その後、肋膜炎《ろくまくえん》を患い、自分の寿命が残り少ないことを自覚した賢治は、独身主義を貫いた。途中、押しかけ女房のような女性に付きまとわれたことがあったが、居留守をつかったりして、なんとか切り抜けている。

じぶんとそれからたつたもひとつのたましひと
完全そして永久にどこまでもいつしよに行かうとする
この変態を恋愛といふ
そしてどこまでもその方向では
決して求め得られないその恋愛の本質的な部分を
むりにもごまかし求め得やうとする
この傾向を性慾といふ（『春と修羅』）

「完全そして永久にどこまでも一緒に行こうとする」相手でなければ恋愛しないという純粋かつ完全主義。

賢治は性欲を「ごまかし」のものと考え、**生涯童貞**だったともいわれるが、遊郭へ登楼《とうろう》したという話も残っていて、真偽のほどは定かではない。

晩年、自分が行なってきた**禁欲主義**については、「けっきょく何にもなりませんで

春画コレクターでもあった宮沢賢治。猥談は「大人の童話」だとか

したよ」と否定的に話したという。

また、殺生《せっしょう》するのに耐えられずベジタリアン宣言をするが、こちらも誘惑に負けて肉食したことを友人に報告している。

いずれにせよ、**宮沢賢治という男、どこまでも真面目**なのだ。

実は賢治は浮世絵コレクターで、「春画」も数多く集めていた。教員時代に、春画を持って来て仲間の教員たちと鑑賞したり、また、性について書かれた翻訳本の中の伏字になっている部分を、原書で読んで確かめたりしている。

その理由を尋ねたところ、「生徒たちに誤らぬように教えたいと思ってね」と答えた。実際、生徒に対して、「猥談《わいだん》は大人の童話みたいなもので頭を休めるものだ」「誰を憎むというわけでも、人を傷つけるというものでもなく、悪いものではない。性は自然の花だ」と話したという。

こう聞くと真面目な印象もあるが、結局やっているのは、**エロ本の内容を教え子に伝えること。むっつりスケベでなく「オープンスケベ」**なところも、純真な賢治らしいといえば賢治らしい。

涙なくしては読めない妹への挽歌

賢治が独身主義になった理由の一つとして、**妹トシへの異常とも思える愛情**がある。トシは二十四歳の若さで結核が原因で亡くなった。

詩集『春と修羅』には、妹トシの死を悼《いた》んだ「永訣《えいけつ》の朝」や「無声慟哭《むせいどうこく》」などの作品があるが、どれも妹への愛が溢れていて涙なくしては読めないものだ。

けふのうちに
とほくへいってしまふわたくしのいもうとよ
みぞれがふっておもてはへんにあかるいのだ
（あめゆじゆとてちてけんじや）

愛する妹トシの死にショックを受けた賢治は、押入に頭を突っ込んでオイオイと泣き、すでに亡骸《なきがら》となっている妹の頭の髪の毛を火箸で梳《くしけず》った。賢治のあまりの悲嘆ぶりに、二人は兄妹でありながら恋愛関係にあったのではないか、という話もあるくらいだ。

手帳に書きつけられた賢治の祈り「雨ニモマケズ」

妹トシが亡くなる前年、二十五歳の賢治は家出して上京し、法華《ほっけ》宗系在家《ざいけ》仏教団体である国柱会《こくちゅうかい》に日参し、街頭布教をしつつ、爆発的な勢いで童話を書いた。

どうせ間もなく死ぬのだから、早く書きたいものを書いてしまおうと、わたしは思いました。一か月の間に、三千枚書きました。（宮沢清六『兄のトランク』）

まもなく賢治は地元に戻って農学校で教職に就いたが、四年ほどで退職し、農業指導に奔走する。しかし、過労から急性肺炎を発症し、三十七歳の若さで死去した。

死後、手帳に書きつけられていたのが見つかった「**雨ニモマケズ**」には、幼い頃から親しんだ仏教の思想が強い影響を与えているといわれている。

「**ミンナニデクノボートヨバレ　ホメラレモセズ　クニモサレズ　サウイフモノニ　ワタシハナリタイ**」

……そこには見事な祈りが書き記されていた。

宮沢賢治（**一八九六－一九三三**）現在の岩手県花巻市出身。盛岡高等農林学校（現・岩手大学農学部）を卒業後、農学校の教諭をしながら詩や童話を書いた。法華経《ほけきょう》信仰に熱心で、農学校を退職し、自らも開墾生活をしつつ、稲作指導をしたりしながら創作活動を行なった。代表作に、『春と修羅』『注文の多い料理店』『風の又三郎』『銀河鉄道の夜』「雨ニモマケズ」など。享年三十七歳。

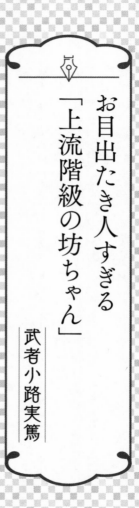

お目出たき人すぎる「上流階級の坊ちゃん」

武者小路実篤

白樺派を代表する作家、**武者小路《むしやのこうじ》実篤《さねあつ》**は、自らの理想の実践として、一九一八（大正七）年、宮崎に農業主体の調和的なコミューン**「新しき村」**を建設し、移住した。

人間らしく生きる
自己を生かす

この「自他共生」の実篤の理想に共鳴して、全国各地から「新しき村」に若者が集まった。最盛期には約六十人もの住民がいた。

芸術を楽しみながら農作業をして共同生活を送る……階級闘争のないユートピアの実現を目指したのだ。その後「新しき村」はダム建設で半分沈むことになったため、その一部を「日向《ひゅうが》新しき村」として残し、新たに埼玉県入間《いるま》郡《ぐん》毛呂山町《もろやままち》に「東の村」が建設された。

両村には現在も実篤の遺志を継いだ住民がいて、活動を続けている。

「完全失恋小説」で伝えたかった〝愚直のススメ〟

実篤は子爵《ししやく》家の末子として生まれた。学習院初等科から中等科・高等科を経て、東京帝国大学に入学したものの、一年で中退。

その後、文学雑誌『**白樺**』を創刊し、『**お目出《めで》たき人**』を発表した。

これは当時二十五歳の実篤の実体験をもとにした**「完全失恋小説」**で、ストーリーは「二十代半ばの男が女学生の鶴を好きになり、一度もデートしないままプロポーズするも撃沈。その約半年後、女学校を卒業した鶴は他の男と結婚する」という単純なものだ。

嬉しい時も淋しい時も悲しい時も、美しいものを見る時も、甘味《うま》いものを食ふ時も鶴と一緒だつたらと思ふ。

口を利いたこともない女性に恋をして、一方的な想いを吐露する主人公。今なら下手をするとストーカーと取られかねないくらいの思い込みだ。

実篤は、愚直で馬鹿正直であることが、人間にとって一番大切なものだと考えた。そして、常識にとらわれず自然のままに生きる「お目出たき人」を描くことで、その考えを表現しようとした。親友だった**志賀直哉**はこの小説を読み、自分の大失恋に重ねて涙したという。

「仲よき事は美しき哉」日本中に色紙をばらまく

文学雑誌『白樺』を中心に活動した白樺派のメンバーはほとんどが上流階級、そし

て学習院出身の坊ちゃんたちだった。彼らは、自らが特権階級かつ金持ちであることと社会正義との矛盾《むじゅん》に悩み、大正デモクラシーの世にあって、理想主義・人道主義的立場から個性や自我を尊重した。

実篤は、「個人を生かすことが人類全体の幸福に寄与する」とした楽天的な人道主義を唱え、一生その考えを貫いた。

実篤といえば、かぼちゃなどの野菜や花の絵に言葉を添えた「色紙」を数多く描いたことでも知られている。淡い色調で描かれた素朴な絵は、実篤の純朴さをそのまま表わしているかのようだ。

「仲よき事は美しき哉《かな》」

「この道より　我を生かす道なし　この道を歩く」

志賀直哉との「生涯続いた友情」

実篤は、同じく白樺派のメンバーであった**志賀直哉と交流**の深かったことが知られ

さすが学習院出身、滲み出る上流階級感。
武者小路実篤（左）と志賀直哉（写真提供：文藝春秋）

ている。

実際には直哉が二歳年上だが、直哉が留年したことで、実篤が学習院中等科六年、十七歳のときに同級生となった。文学好きのお坊ちゃん同士、しかも思想も似通っている。二人はすぐに意気投合した。

兄貴気質《かたぎ》の直哉に対し、実篤は実年齢が下であることもあってか、まるで弟のような振舞をたびたびした。

これは、実篤からの電話に直哉が出なかった時、実篤が直哉に送りつけた葉書だ。

僕はおこつてゐる、ほんとにおこつてゐる、あとで電話をかけておこるが今はハガキで怒る、子供が地団駄を踏みながら言っているような、なんともかわいらしい文面だ。

実篤と直哉との友情は一生涯続いた。

実篤は、第二次大戦中の戦争協力のかどで公職を追放されて、しばらく文壇を離れるが、一九五一（昭和二十六）年に追放解除となり、文化勲章を受章する。絵も精力的に描くなどしながら、九十歳の長寿を楽天的に全うした。

直哉が八十八歳で亡くなる前年、実篤が直哉に送った手紙がある。

直哉兄
この世に生きて君とあい
君と一緒に仕事した
君も僕も独立人
自分の書きたい事を書いて来た
何年たつても君は君僕は僕

よき友達持つて正直にものを言う
実にたのしい二人は友達
昭和四十五年十一月十五日
実篤

武者小路実篤（一八八五－一九七六） 現在の東京都千代田区出身。子爵家の末子として生まれ、学習院高等科を経て東京帝国大学文学部哲学科中退。志賀直哉らと『白樺』を創刊。宮崎県で「新しき村」のユートピア運動を実践。代表作は『幸福者《こうふくもの》』『友情』『お目出たき人』など。戦後、一時公職追放となるが、『真理《しんり》先生』で復帰し、文化勲章を受章。貴族院勅選《ちょくせん》議員。享年九十歳。

「知識人の懊悩」に精通した大秀才

中島敦

人生は何事をも為さぬには余りに長いが、何事かを為すには余りに短い

これは**中島敦**《なかじまあつし》の代表作『**山月記**《さんげつき》』の中で、主人公が自分の挫折を自嘲《じちょう》する言葉だ。

主人公の青年は、若くして科挙《かきょ》に合格するほどの秀才だったが、強い自負心を持ち、名声や金銭への野心にとりつかれる。しかし、詩人として食うこともできず、官吏《かんり》として働くことはプライドが許さない。ついに発狂して人を捨て、虎に身を変えるが、それでもなお我執《がしゅう》を捨てきれない哀れな姿を描いた傑作だ。

『山月記』は、高校の教科書に広く採用されているので、多くの人が読んだことがあるだろう。苦悩する主人公の姿に自分を重ねた人も多いのではないだろうか。そこには**近代の知識人が孤独の中で懊悩《おうのう》する姿**が描かれている。

このデビュー作は、唐代の伝奇「人虎《じんこ》伝《でん》」を下敷きにしている。中島家は漢学者の家系で、敦は元ネタには困らないほどの高い漢文の素養を身に付けていたのだ。

エリートコース一直線からの「できちゃった婚」

敦の写真を見ると、いわゆる「ビン底メ

ガネ」で、髪は七三分け。謹厳実直、真面目一本やりという風貌に見える。事実、幼い頃から秀才で、一高から東大というエリートコースを歩み、「耽美派」をテーマに卒論を書き、東大大学院に進んで「森鷗外《もりおうがい》」を研究した。学業優秀で教授からの覚えめでたく、**そのまま進めば大学教授間違いなし……というところで一波乱起きる。**

橋本《はしもと》タカという女性と出会い、恋に落ちたのだ。

タカは麻雀荘の美人店員。二人は同じ二十二歳。出会ってわずか一週間でプロポーズ。このあたりは、「耽美派」の研究をしすぎた影響ではないかと勘繰《かんぐ》りたくなる。

しかし名門の中島家が許すはずもなく、二人の結婚は猛烈に反対されるが、実はタカはすでに妊娠していた。このあたりは、精力絶倫の「鷗外」を研究した成果か……。

長男が生まれた敦は、大学院を中退してタカと結婚する。**近代文士の中で「できちゃった婚」第一号**といえる存在だ。

永遠の処女・原節子の通う女学校の教師となる

敦は生活のために働くことになり、私立横浜高等女学校の教員になる。

この女学校は「女に学問は不要だ」という当時の風潮の中、田沼太右衛門《たぬまたえもん》という人が女子教育の大切さを痛感して開校した、横浜初の日本人経営者による女子教育機関だ（現・横浜学園高等学校）。

そこに勤務することになった敦は、国語だけでなく、英語や地理、歴史まで担当し、山岳部を引率したりした。時に数学さえ教えたというのだから、博学多才だ。しかも秀才なのに偉ぶらず、明るく礼儀正しく教え方もうまい……モテないわけがない。

特にある二人の女生徒は敦に心酔し、授業の時には教卓に深紅の薔薇の花を一輪挿した花瓶を置いて迎えたという（授業が終わると花瓶は撤去）。

うーん、こんなにモテるんだったら、できちゃった婚はちょっと早まったかな、と思ったに違いない。

ところで、敦が教鞭《きょうべん》をとっていた時期、その女学校には会田昌江《あいだまさえ》という女子生徒が通っていた。この名前ではピンとこないかもしれないが、彼女は、のちの日本映画史に残る名女優、**原節子**《はらせつこ》である。

二人が会話を交わしたかどうかは資料が残っていないので不明だが、文士・中島敦と「永遠の処女」と呼ばれた銀幕の大スター原節子が、先生と生徒として、同じ時期に同じ女学校に在籍していた、というのは不思議な縁を感じさせる。

三十三歳で夭折！　最期の言葉は「書きたい、書きたい」

順風満帆に見える人生だが、しかし、敦は喘息《ぜんそく》という宿痾《しゅくあ》を抱えていた。女学校に勤務した八年の間にも、後半はかなり欠勤している。

中島敦は、原節子の在学中、横浜高等女学校の教師だった

喘息が悪化して教師を続けられなくなった敦は、教職を辞して南洋庁の書記官となり、療養もかねてパラオに渡った。

この時、作家の友人に『山月記』など数篇を託したものが文壇デビュー作となり、さらにパラオで執筆した『光と風と夢』が注目を集めて芥川賞候補となった。

まことに、人間は、夢がそれから作

られるやうな物質であるに違ひない。

『光と風と夢』でこう書いた敦は、パラオから日本に戻って創作に専念し、『弟子』『李陵《りりょう》』などの傑作数篇を執筆するが、これらを発表する前に持病の喘息が悪化し、三十三歳で夭折した。

最期の時、敦はベッドの上でこう叫んだという。

「書きたい、書きたい。」

もう少し長生きしていれば……と悔やまれる作家の一人だ。

中島敦（一九〇九－一九四二）現在の東京都新宿区出身。漢学者の家系に生まれた。第一高等学校を経て東京帝国大学文学部国文学科を卒業。私立の横浜高等女学校教員、パラオ南洋庁の書記官を経て専業作家になる。代表作は『山月記』『名人伝』『李陵』など、中国古典から題材を得た作品群が有名。享年三十三歳。

「生きよ、堕ちよ」と煽った文壇の寵児

坂口安吾

日本が第二次世界大戦でコテンパンにやられ、国民が敗戦に打ちのめされていた時、**坂口安吾**《さかぐちあんご》は『**堕落論**』でこう書いた。

戦争は終つた。特攻隊の勇士はすでに闇屋となり、未亡人はすでに新たな面影によつて胸をふくらませてゐるではないか。人間は変りはしない。たゞ人間へ戻つてきたのだ。人間は堕落する。義士も聖女も堕落する。それを防ぐことはできないし、防ぐことによつて人を救ふことはできない。人間は生き、

人間は堕ちる。そのこと以外の中に人間を救ふ便利な近道はない。

安吾は、廃墟と化した日本の姿にすら美を感じ、愛していると言う。そして、**「生きよ、堕ちよ」という強烈なメッセージ**を発した。

それは、敗戦のショックで自信を失い、国土の荒廃と価値観の崩壊にさらされていた日本人に、**それまでの価値観を否定し、なりふりかまわず次の一歩を踏み出せ、という指針**を示すものだった。

ここにおいて無頼派・坂口安吾は一躍文壇の寵児《ちょうじ》となり、流行作家として表舞台に躍り出たのだった。

ペンネームに込められた「偉大なる落伍者」の反逆

安吾の生家の坂口家は新潟市の代々続く旧家で、「坂口家の小判を積み上げれば五《ご》頭《ず》山《さん》の嶺《みね》まで届き、阿《あ》賀《が》野《の》川《がわ》の水が尽きても坂口家の富は尽きぬ」と言われたほどの大富豪だった。

しかし、祖父の代に没落し始め、父は新聞社社長や衆議院議員として活躍したもののお金を使い果たし、安吾が生まれた頃にはすでに家は傾いていた。それでも五百二十坪もある邸内と、九十坪の邸宅での生活は、彼の幼い心に大いなる何物かを植え付けたに違いない。

のちに三好達治《みよしたつじ》が安吾を評して、**「坂口は堂々たる建築だけれども、中へはいってみると、畳が敷かれていない感じだ」**と言ったのに対して、安吾自身がそれを認めて、

　まったくお寺の本堂のやうな大きなガランドウに一枚のウスベリも見当らない。（『青春論』）

と笑いながら応じたことから、**「ガランドウの作家」**と評されることがある（「薄《うす》縁《べり》」とは「布の縁をつけたござ」のこと）。

手の付けられないガキ大将だった彼は、漢文の教師から、**「自己に暗い奴だからアンゴ（暗吾）と名のれ」**と言われ、そこから反逆のペンネーム「安吾」が生まれた。

さらに、旧制新潟中学を放校される際に、自らの反抗心を燃やす大胆な行動を取った。

学校の机の蓋の裏側に、余は偉大なる落伍者となっていつの日か歴史の中によみがへるであらうと、キザなことを彫ってきた。(『いづこへ』)

「悟り」を求めて仏道修行する求道者的一面も

こうした行動から一見、豪放磊落《ごうほうらいらく》に見える安吾だったが、実は内面は繊細で性格も真面目だった。

たとえば二十歳前後の頃、仏教を研究して悟りを開くために睡眠を四時間しか取らない生活（修行）を一年半も続けている。そこに芥川の自殺があって衝撃を受け、自殺や発狂の予兆におびえるまでになった。

そこで梵語《ぼんご》やチベット語などの語学の勉強に打ち込むことで神経衰弱を克服しようとするなど、見た目の快活さや言動の豪快さとは裏腹の、**求道者的な真の姿**が浮かび上がってくる。

また、女性関係では、美人女流作家の矢田津世子《やだつせこ》と交際するも、一度キスをしただけで肉体関係はなかったと**プラトニックぶり**を発揮している。

戦前から戦中は、親友や作家仲間、さらには可愛がっていた姪の自殺などの不幸が相次いだ。

精神的に不安定な中で発表した作品は、激賞されたものがある反面、失敗作もあるなど、地味で不遇の時代だった。

その反動ともいえる戦後十年間の安吾の後半生は、**文壇の寵児**としての成功、酒と馬鹿げた遊び、覚醒剤ヒロポンに睡眠薬のアドルム中毒、精神不安と狂気、税金不払い闘争、競輪告訴事件など、**流行作家としてだけでなく社会的に話題を振りまき**つつ、それでも旺盛な執筆活動を続けていく。

安吾のイメージといえば、ゴミ屋敷のよ

うな仕事場にいるシャツ一枚の姿……これは写真家・林忠彦によって撮られたものだ。

二年間ほど掃除をしていない部屋にいる安吾がこちらを凝視している姿に、「無頼派」のイメージを重ねる人は多いだろう。

「太宰が甘口の酒とすれば、坂口はジンだ。ウォトカだ」

一九四八（昭和二十三）年に起きた太宰治《だざいおさむ》の心中にショックを受けた安吾は、ヒロポンや睡眠薬の量が増えていった。

第一子となる長男が生まれて、少しは落ち着いたと思ったのも束《つか》の間、脳内出血により四十八歳で急死した。遺作の小説タイトルは『狂人遺書』。

安吾は、純文学や私小説的なものから推理小説、歴史小説、評論、自伝とあたりかまわず書き散らした感がある。薬や酒に溺れ、精神的に不安定な中で書かれたものは、途中で破綻したり、中断されたりしたものもあるが、そのどれにも「安吾」という刻印が押されているのが特徴だろう。

三島由紀夫《みしまゆきお》は、**「太宰治がもてはやされて、坂口安吾が忘れられるとは、石が浮ん**

で、**木の葉が沈むようなものだ」**と述べ、以下のように激賞している。

太宰が甘口の酒とすれば、坂口はジンだ。ウォトカだ。純粋なアルコホル分はこちらのはうにあるのである。（三島由紀夫『坂口安吾全集』推薦文）

坂口安吾（一九〇六－一九五五） 新潟県新潟市出身。東洋大学印度哲学倫理学科卒業。太宰治、檀一雄《だんかずお》、織田作之助《おださくのすけ》らとともに、「無頼派」「新戯作派」と呼ばれ、終戦直後に発表した『堕落論』『白痴』により時代の寵児となった。推理小説や歴史小説なども執筆し、評論や随筆にも見るべきものが多い。享年四十八歳。

コラム

国木田独歩と有島武郎

有島武郎の小説『或る女』の主人公の「葉子《ようこ》」は、若くて才気溢れる美貌の持ち主、そして恋多き妖婦でもある。そのモデルは国木田独歩《くにきだどっぽ》の最初の妻・佐々城信子《ささきのぶこ》だった。

信子は十七歳の時に独歩と出会い、周りの反対を押し切って駆け落ち同然で結婚した。しかし、一緒に暮らしてみると、独歩は独善的で男尊女卑が激しい男だった。いわゆる「モラハラ男」というやつだろうか。二人は五カ月でスピード離婚した。

その後、信子は別の男性と婚約したものの、彼が待つアメリカへと渡る船中で、別の妻子ある男性と不倫関係になり、なんとそのまま帰国してしまう。

アメリカで信子を待っていた婚約者の友人だったのが、武郎であり、信子をモデルにして書いたのが『或る女』だった。

武郎は日本版『ボヴァリー夫人』（フランス写実主義文学の代表作）と称されたこの小説を書いた四年後に、波多野秋子と首吊り心中している（188ページ参照）。

5章

「変人たちのボス」はやっぱり変人

……「君臨する」気持ちよさって、癖になっちゃう！

文壇のドンは日本一の食道楽

尾崎紅葉

父が幇間《ほうかん》（たいこもち・男芸者）だったことを生涯秘密にしていた**尾崎紅葉《おざきこうよう》**は、苦学して帝大に進み、文才を買われて在学中に読売新聞社に入社する。文学に命を懸けていた紅葉は、推敲のたびに修正部分の上に紙を貼って書き直したので、一枚の原稿用紙がどんどん分厚くなり、重ねて持つとずっしりと重かったという。

代表作である『**金色夜叉《こんじきやしゃ》**』は一八九七（明治三十）年から読売新聞に六年にわたって連載されたもので、当時大人気を博し、新聞の売り上げを倍増させた。

「読売の紅葉か、紅葉の読売か」とまで言われるほど文名を上げたが、残念ながら彼の死によって未完に終わった。

有名な熱海の海岸の場面。間貫一《はざまかんいち》がお宮を蹴り飛ばす際の、貫一の台詞《せりふ》として、

来年の今月今夜のこの月を僕の涙で曇らせてみせる。


というのは広く知られているが、実はこれは舞台・映画での簡略化された台詞であり、原作ではもっと長い。

「金と色の鬼」(「金」が金銭、「色」が性愛的なるもの)という意味の題名のように、『金色夜叉』は「金」と「愛」とに引き裂かれた男女の物語だ。

『金色夜叉』の中には、

熱海にある『金色夜叉』の貫一・お宮の銅像

人間よりは金銭の方が夐《はる》か頼《たのみ》になりますよ。
頼にならんのは人の心です！

という文章があるが、これは紅葉の本心ではない。当時の立身出世に対する憧れと拝金主義とを感じ取った、紅葉一流のサービス精神からの言葉だろう。

「面倒見がよい」のか「他人の手柄を横取りしたい」のか……

漫画『文豪ストレイドッグス』の尾崎紅葉は、遊女のような和服姿の美しい女性だが、本物の紅葉は親分肌の江戸っ子だ。性格も豪放磊落だったので、「姐《あね》さん」ではなく「アニキ」と呼ぶべき人物だろう。

紅葉を中心に創立された「硯友社《けんゆうしゃ》」は、**日本初の文芸雑誌『我楽多文庫《がらくたぶんこ》』**を発行した。「文学は男子一生の事業と為《な》すに足らず」（二葉亭四迷《ふたばていしめい》）という明治の気風の中で、天下国家を論じることに挫折した文学青年たちの小さな集まりが硯友社だったのだ。

そうした集まりから自然発生的に**「文壇」というシステム**が形作られていった。硯友社においては、同人が持ち込んだ作品に紅葉が手を入れるのは当たり前、別人の作品なのに紅葉作として売り込むことも日常茶飯事だった。

面倒見がよいという以上に、他人の手柄を横取りする男、そして戦後まで続く「文壇」システムのドンとして君臨したのが尾崎紅葉だったのだ。

食道楽の果てに胃がんの死

紅葉は、衣食住の「衣」は着の身着のまま、「住」も後回しだったが、圧倒的に「食道楽」で、妻に作らせる食事はおかずが二品三品では承知ができず、旅行先でも食事のことで文句を言ったという。

家内《ホーム》なるものの快楽《たのしみ》が十とすれば、寡《すくな》くともその四は膳の上になければならぬ。(『多情多恨』)

こうした言葉が遺されている反面、弟子たちに遺した遺言が面白い。

これから力を合せて勉強して、まずいものを食っても長命して、ただの一冊でも一編でも良いものを書け。おれも七度生まれかわって文章のために尽くすつもりだから。

美味しいものを食い尽くしたはずの自分が、三十五歳で亡くなることになるなんて。しかも死因は「胃がん」……なんと皮肉なことだろう。弟子の泉鏡花《いずみきょうか》と徳田秋声《とくだしゅうせい》は、師の遺言を守り「まずいもの」を食べ、鏡花は六十五歳、秋声は七十一歳まで長生きした。

尾崎紅葉（一八六八－一九〇三）現在の東京都港区出身。第一高等学校から帝国大学（現・東京大学）に進学し、中退。硯友社を設立し『我楽多文庫』を発刊。『多情多恨』などで幸田露伴《こうだろはん》と並称されて「紅露《こうろ》時代」を築いた。泉鏡花、田山花袋《たやまかたい》、徳田秋声など、優れた門下生がいる。大流行した『金色夜叉』は未完のまま没した。享年三十五歳。

「文春砲」を作った男

菊池寛

私は頼まれて物を云うことに飽いた。自分で、考えていることを、読者や編集者に気兼ねなしに、自由な心持で云って見たい。

これは**菊池寛**《きくちかん》が創刊した、月刊雑誌**『文藝春秋』の創刊の辞**だ。こうした考え方を引き継いで、自由に物言う『週刊文春』、ひいては「文春砲」が今でも炸裂しているといえるだろう。

菊池は作家として名を成すことよりも、文学の発展と後進の指導のほうに関心があった。そこで売れない作家たちにチャンスと働く場を与えるために、一九二三（大正十二）年、三十四歳の時に『文藝春秋』を創刊した。

とにかく売らねばならぬ……その創刊の際の作戦は、破格の大安売り!! ライバルの『中央公論』が一円、『新潮』が八十銭だったのに対して、『文藝春秋』はなんとたったの十銭!! しかも巻頭は、友人にしてすでに人気作家になっていた芥《あくた》川《がわ》龍之介《りゅうのすけ》に飾ってもらったのだから売れないはずがない。

狙い通り、『文藝春秋』創刊号は瞬《また》く間《たた》に売り切れた。

してやったりの気分だった菊池だが、一九二七（昭和二）年に芥川が自殺した際には、彼の枕元で悲嘆にくれた。しかし、その死に顔が安らかなのを見て、葬儀の弔辞でこう述べた。

君が死面《しにつら》に平和なる微光の漂へるを見て甚《はな》だ《は》安心したり
友よ安らかに眠れ！

一九三五（昭和十）年に、菊池は二人の優れた文士の名を冠した新人賞を設立することにした。一つは**「芥川龍之介賞」**（純文学作品対象）。それから賞設立の前年に亡くなった友人の直木三十五《なおきさんじゆうご》を記念した**「直木三十五賞」**（大衆小説作品対象）だった。

運命の「マント事件」で見せた〝男気〟と〝男色の気〟

幼い頃の菊池は、貧乏な生活の中で神童ぶりを発揮したが、文学好きが昂じて作家志望になった。それからは学業に身が入らず、紆余曲折《うよきょくせつ》の末、なんとか第一高等学校に入学した時は、すでに二十二歳になっていた。

そして**運命の「マント事件」**は、二十三歳の時に起きた。

ある時、菊池は友人の佐野文夫《さのふみお》と二人で一高のマントを質に入れに行った。当時、旧制高等学校生の白線帽子、詰襟服、そして黒マントは、三種の神器《じんぎ》ともいわれ、ことに一高のマントは質草《しちぐさ》として結構なお金になった。

ところが、佐野が質入れしたマントは実は盗んだものだった。佐野は金に困って自分のマントはすでに質入れしており、盗んだマントをさらに質入れしようとしたのだ。

「文春砲」を作った男は
"男気"と"男色の気"の持ち主だった

警察沙汰となったこの事件の罪を、菊池は一人で被って退学処分を受け入れることにした。

年下の佐野には将来がある、と考えた親分肌の菊池らしい判断だ。ただ、**実のところは男色の気があり、好意を持っていた佐野をかばった**というのも罪を被った一つの理由だとされている。

一高を退学したのち、京都帝国大学へ入学して文学修業を続け、戯曲**『父帰る』**、小説**『恩讐《おんしゅう》の彼方《かなた》に』**、テレビドラマでも有名になった**『真珠夫人』**と立て続けに作品を発表して人気作家の仲間入りを果たした。

しかし菊池には文学の才能以上に、**実業家の才能**のほうがあった。雑誌『文藝春秋』を総合雑誌として発展させるとともに、映画会社の大映の初代社長を務めるなどして大成功をおさめた。彼の人生哲学は次の言葉に集約されている。

失恋なんか、そんなにたいしたものじゃないよ。金さえ入りゃ、かんたんに片がついてしまうよ。（江口渙『その頃の菊池寛』）

ギャンブルに熱中、負けると「くちきかん」

菊池は貧乏な苦労人ゆえに、他人に奢《おご》ってやりたくなる性分で、多くの貧乏文士にお金を貸した。いつもポケットにクシャクシャにした紙幣をたくさん入れており、貧乏な文士を見るとポケットから紙幣を無造作に取り出して、「はいどうぞ」と適当にあげたという。

また、お酒が飲めないぶん、麻雀、競馬、将棋に熱中した。

菊池は賭けるだけでは満足できず、大金をはたいて馬主にまでなっている。麻雀で負けた時はムッとして黙り込むものだから、友人たちから名前をもじられて**「くちきかん（口利かん）」**と称されたりした。

女性関係については、男色で通っていたものの両刀使いだったので、妾《めかけ》が数人、子供も数人もうけている。
文壇のボスとしても、日本文藝家協会会長にまで上り詰め、この先安泰とも思えた。しかし、戦争協力の姿勢を取ってしまったのがいけなかった。
戦後はGHQから公職追放の憂き目にあい、そのショックからか一九四八（昭和二十三）年に狭心症のため五十九歳で急逝《きゅうせい》した。

人生は一局の棋なり。一番勝負なり。指し直すこと能《あた》はず。

果たして菊池は、指し直しのきかない人生という将棋の対局に勝てたのだろうか。

菊池寛（一八八八－一九四八）香川県高松市出身。第一高等学校を経て京都帝国大学文学部英文学科卒業。代表作は戯曲『父帰る』、小説『恩讐の彼方に』など。文藝春秋社を創設し、映画会社「大映」の社長に就任するなど、実業家としても活躍した。戦後、公職追放される。享年五十九歳。

「小説の神様」は「情事も神業」

志賀直哉

一九四七（昭和二十二）年のこと。すでに大家《たいか》となっていた**志賀直哉**《しがなおや》が、ある座談会で**太宰治**《だざいおさむ》のことを聞かれ、

年の若い人には好《い》いだろうが僕は嫌いだ。とぼけて居るね。あのポーズが好きになれない。

と言い放った。直哉は、昭和十年代から台頭してきた太宰治や織田作之助《おださくのすけ》（オダサ

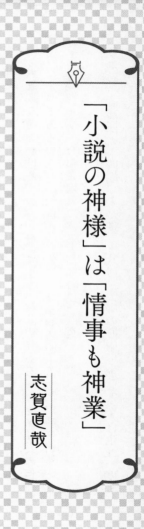

ク）などの無頼派に対して、文壇長老の立場から批判的な発言を繰り返した。この批判の背景には、作品のよし悪し以上に、彼らの酒と薬漬けの自堕落な生き方が好きではなかったことがあった。

この発言に対して怒り心頭の太宰は、「志賀直哉（＝既成の文壇）」に対して宣戦布告ともいうべき破れかぶれの評論、『如是我聞《にょぜがもん》』を連載する。

その中で直哉のことを「老大家」と皮肉を込めて呼び、続けて「アマチュア」「キザ」「新興成金」などと、散々こき下ろした。

「暗夜行路」

大袈裟《おおげさ》な題をつけたものだ。彼は、よくひとの作品を、ハッタリだの何だのと言ってゐるやうだが、自分のハッタリを知るがよい。（中略）何処《どこ》がうまいのだらう。ただ自惚《うぬぼ》れてゐるだけではないか。

この時、直哉は六十四歳、太宰は三十八歳。太宰の心中によって二人は生涯一度も会うことはなかった。

芥川龍之介が「価値ある純粋な小説」として激賞

この「志賀VS太宰」の前に、「谷崎《たにざき》VS芥川」の文学論争があった（51ページ参照）。谷崎潤一郎《じゅんいちろう》が「物語の面白さ」を主張するのに対して、芥川龍之介は「話らしい話のない」純粋な小説にこそ価値があるとし、その好例として挙げたのが志賀直哉の小説だった。わかりやすく図式化すると、次のようになる。

「谷崎潤一郎と太宰治」連合＝小説は話があって面白いからこそ価値がある！

VS

「芥川龍之介と志賀直哉」同盟＝話など不要、純粋な小説こそ素晴らしい！

このバトルに、**ノーベル賞（候補）師弟「川端康成《かわばたやすなり》と三島由紀夫《みしまゆきお》」**が加われば、三すくみ状態の**「文豪大バトル」**のできあがりだ。

おそらく川端・三島連合は「日本の美と大和魂《やまとだましい》を描き取る筆力こそ大切！」など

と、別の対立軸を立てて論争に加わってくるだろう。

さらに芥川の師である夏目漱石《なつめそうせき》や、樋口一葉《ひぐちいちよう》や与謝野晶子《よさのあきこ》を認めた論争大好き森鷗《もりおう》外《がい》が生きていたら、どの立場でどちらを応援するのか見てみたいものだ。

ちなみに太宰の死後、直哉は「太宰治の死」と題する一文を草している。

私は太宰君が私に反感を持つてゐる事を知つてゐたから、自然、多少は悪意を持つた言葉になつた。（中略）太宰君が心身共に、それ程衰へてゐる人だといふ事を知つてゐれば、もう少し云ひやうがあつたと、今は残念に思つてゐる。

さすが亀の甲より年の功、自分の対応が大人げなかったことを詫《わ》びている。

一切、無駄のない文体で「文壇の大家」として君臨

直哉は、祖父が二宮尊徳《にのみやそんとく》の門人で、足尾銅山の開発に関わるといった士族出の有名

な実業家の一族に生まれた。

学習院時代はキリスト教思想家・内村鑑三《うちむらかんぞう》の元に通い、**潔癖な倫理観**を養った。このあたりが**無頼派と衝突する素地**を作ったといえるだろう。

しかし、学習院中等科の頃には反抗期を迎え、父とも対立し、勉強もせず吉原通いをするなど放蕩三昧の生活を送った。

その結果、二年も留年したが、おかげで生涯にわたって親交を結ぶことになる二歳年下の武者小路《むしやのこうじ》実篤《さねあつ》と出会い、文学の道に進むことを決めた。

そして東大の権威主義を嫌ってともに中退した実篤らと『**白樺**』**を創刊**し、一九一〇（明治四十三）年に文壇デビュー作となる短編『**網走《あばしり》まで**』を発表した。

その後、心境小説を代表する作品『**城の崎《きさき》にて**』で文壇に地歩を固めると、『**和解**』『**暗夜行路**』などの名作を次々と発表した。

一切無駄のない文体は、小説文体の理想の一つと見なされ、文壇の大家として君臨した。

直哉は、若い頃の作品名『小僧の神様』にかけて、晩年「**小説の神様**」と呼ばれた。

スランプを打ち破ったのは「若い女性との官能のトキメキ」

こうして「老大家」となった直哉だが、脛《すね》に傷があった。四十歳を過ぎた頃、妻を裏切って別の女性と関係したのだ。

女には彼の妻では疾《とう》の昔失はれた新鮮な果物の味があつた。（『痴情』）

これを書いた頃の直哉はややスランプ気味で、それを脱するために千葉の我孫子《あびこ》から京都へと移り住んでいた。そこで出会ったのが、花見小路《はなみこうじ》の茶屋で仲居をしていた若い女性だった。

妻も子もあり、四十歳を過ぎた分別もある身としては、彼女との関係は「遊び」のはずだった。しかし、肉体がそれを許さない。

北国《ほっこく》の海で捕れる蟹の鋏《はさみ》の中の肉があつた。（中略）恋愛と思ふより仕方なかった。

若い女性の肉体に官能的な魅力を感じ、心も動かされて「恋愛」だと思うに至る。若い頃のような恋愛のトキメキが蘇《よみがえ》り、作家としてのエネルギーがメキメキ回復してくるのを感じる直哉だった。

それは「小説を書くため」の情事だった——

妻から失われた「新鮮な果物の味」を存分に堪能した志賀直哉

しかし、まもなく情事は妻にバレて終わりを告げる。
いくら弁解しても妻は二人の関係を許さなかった。そして妻の必死の言動とヒステリーに対して、なすすべもなく、愛人との関係に終わりを告げる。

その時、直哉の取った行動は、**「お金で解決する」**だった。

このあたりが、愛人と心中した有島武郎《ありしまたけお》や太宰治と違う、ある意味冷静な、いや冷徹と言っていい直哉らしい解決策だろう。妻も愛人も……泣きながら……それで納得した。

転んでもただでは起きない彼は、この恋愛事件を**「山科《やましな》もの」四部作**として、**『瑣《さ》事《じ》』『山科の記憶』『痴情』『晩秋』**という作品に書き残した。

ところが、終わったと見せかけた二人の関係は、実は密かに続いていた。

その関係が再びバレたのは、直哉が妻をだまして女に会いに行くことを『瑣事』に書いたからだった（アホだ）。

花より団子ならぬ「女より小説」、むしろ**小説を書くための情事**だったのかもしれない。

戦後、日本ペンクラブの会長に就任した際、「日本語を廃止してフランス語を公用語にすべし」と主張したことに対して、三島由紀夫などが批判しているが、それもご愛敬。一九四九（昭和二十四）年に谷崎潤一郎とともに文化勲章を受章するなど、栄達して大往生した。

青山霊園内にあるお墓に納められた骨壺は、陶芸家で人間国宝の浜田庄司《はまだしょうじ》の作品だった。しかし何者かに盗まれ、中身の骨だけが捨てられていた。

「俺の骨は要らんのか！」と、直哉はあの世でさぞかし腹を立て、悔しがっていることだろう。

志賀直哉（一八八三－一九七一）現在の宮城県石巻市出身。学習院高等科を経て東京帝国大学文学部国文学科中退。「白樺派」を代表する小説家で、長く活動し「小説の神様」と称せられた。代表作に『網走まで』『城の崎にて』『和解』『小僧の神様』『暗夜行路』など。文化勲章受章。享年八十八歳。

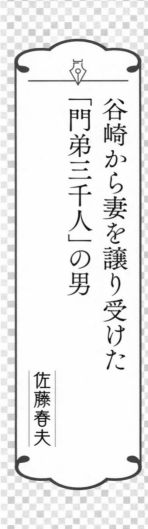

谷崎から妻を譲り受けた「門弟三千人」の男

佐藤春夫

佐《さ》藤《とう》春夫《はるお》は、**「門弟三千人」**といわれるくらい門人が多く、井伏鱒二《いぶせますじ》、太宰治、檀《だん》一雄《かずお》、吉行淳之介《よしゆきじゅんのすけ》、柴田錬三郎《しばたれんざぶろう》、遠藤周作《えんどうしゅうさく》、安岡章太郎《やすおかしょうたろう》など、錚々《そうそう》たる顔ぶれの後輩たちに慕われた。

そんな人望の厚かった春夫だが、作品名を並べていくと、**『田園の憂鬱』『都会の憂鬱』『退屈読本』**と、「憂鬱」だの「退屈」だのが並ぶことからも想像がつくように、若い頃は不眠症や神経衰弱に悩まされ、精神が安定しなかった。

そして文壇史上でも最大級のゴシップ騒動を起こしてしまう。それは、あろうことか友人である谷崎潤一郎の妻・千代《ちよ》との不倫だった。

「さんま苦いか塩っぱいか」に込められた心情

そもそもこの騒動は、谷崎が義妹（千代の妹）を好きになって夫婦仲が悪くなっていたところに、同情から春夫が千代を好きになり相思相愛になってしまった、というのが発端だ。

友人の佐藤春夫と自分の妻が愛し合っていることを知った谷崎は、なんと、**春夫に妻を譲ることを約束し「譲り状」を書いた。**

我等三人此度《このたび》合議を以《もっ》て千代は潤一郎と離縁致し春夫と結婚致す事と相成《あいなり》

しかし、谷崎は義妹にフラれると急に妻を譲ることが惜しくなり、直前になってその約束を反故にしてしまった。当時、谷崎が小田原に住んでいたため、これを**「小田原事件」**という。土壇場で裏切られ、激怒し落胆した春夫は谷崎と絶交し、田舎に帰

潤一郎氏妻を離別して
友人春夫氏に與ふ
長い間の戀愛かつ藤解決して
近頃振つた連名のあいさつ状

性格的に
合はぬ
谷崎氏の談

この問題をどう見るか
文壇關係者の意見と批評

朗かな感じ
一度は絶交もした仲
里見弴氏の談

大きく報じられた「細君譲渡事件」（朝日新聞 1930 年 8 月 19 日）

ってしまう。その頃の気持ちを歌ったのが「あはれ秋風よ　情《こころ》あらば伝へてよ」で始まる「秋刀魚《さんま》の歌」だ。

さんま、さんま、
さんま苦いか塩つぱいか。

この事件から五年後、谷崎と春夫はようやく和解した。そして一九三〇（昭和五）年、春夫が三十八歳の時、十年越しの愛を実らせて谷崎からその妻・千代を譲り受けた。これは当時、**「細君譲渡事件」**として新聞などでも報道されて反響を呼び起こしたものだ。苦節十年の末に結婚にたどり着いた二人。

春夫は、谷崎と千代との間にできた娘も引き取って、仲のいい円満な家庭を築いた。立派な男だ。

石原慎太郎『太陽の季節』芥川賞受賞に大反対！

春夫は芥川賞の選考委員でもあったが、一九五六（昭和三十一）年に**石原慎太郎《いしはらしんたろう》の『太陽の季節』の芥川賞受賞に強く反対**した。

舟橋聖一《ふなはしせいいち》の強い支持表明に対して、春夫は次のように選評して反対票を投じている。

これに感心したとあっては恥しいから僕は選者でもこの当選には連帯責任は負わないよと念を押し宣言して置いた。

このように、頑固なところもあった春夫は、ラジオ番組の放送予定分を自宅の書斎で録音中、心筋梗塞《こうそく》を起こし、そのまま死去した。最期の言葉は、

「私は幸いにして……」

であった。多くの文豪の死の中でも、指折りの「幸い」な死に方をした一人だろう。

佐藤春夫（一八九二－一九六四）現在の和歌山県新宮《しんぐう》市出身。新宮中学校（現・新宮高等学校）から慶應義塾大学文学部へ進むも、中退。活動は詩や小説だけでなく、文芸評論、随筆、童話、戯曲、和歌など多岐に及び、また明治末期から昭和（戦後）まで長期にわたって活動した。代表作は小説『田園の憂鬱』、詩集『殉情《じゅんじょう》詩集』など。享年七十二歳。

生きるために「猛烈に食った」男

正岡子規

正岡子規《まさおかしき》が死の十二時間前に詠んだ絶筆三句は、絶唱として名高い。

糸瓜《へちま》咲て　痰《たん》のつまりし　仏かな
痰一斗　糸瓜の水も　間にあはず
をと、ひの　へちまの水も　取らざりき

当時、糸瓜は咳《せき》を鎮《しず》める薬とされ、特に十五夜に採ったものは効力があるとされていた。しかし、もはや子規には気休めでしかなかった。この三句を書き上げた瞬間、子規は筆を投げ捨て、倒れ込んだ。

「悶絶の痛み」と「食への執着」を記録した『仰臥漫録』

子規の病気との闘いは十三年にも及んでいた。初めて血を吐いたのは二十一歳の時……結核だ。その後も喀血を繰り返した。

この頃から、口の中が赤いのは鳴いて血を吐くからだ、といわれるホトトギスから「子規」の俳号を使うようになった（ホトトギスは漢字で「子規」とも書く）。

日清戦争へ記者として従軍した子規は、帰国途上で大喀血し一時は危篤《きとく》になり、さらに脊椎《せきつい》カリエスを発症して寝たきりになる。しかし、生への執着はものすごかった。

子規が生きるために選んだ手段は、**「猛烈に食う」**ことだった。

もともと食い意地が張っていて、友人たちに奢ってもらうのが当然、という性格だったが、病に倒れてからはさらに餓鬼《がき》の様相を呈する。

生きて書いて食って書いて、文学改革を成し遂げたい……しかし、脊椎カリエスの症状は悶絶《もんぜつ》するくらいの痛みを伴う。

死の前年から死の直前まで書き続けられた『仰臥漫録《ぎょうがまんろく》』には、食事のことやカリエスによる苦痛の様子がひたすら綴られている。

食べて生き続けることは拷問《ごうもん》だったが、それでも子規は死ぬまで食い、書き続けた。

名句「柿くへば」は漱石の句から着想

『仰臥漫録』には食事のこと、病の苦痛がひたすら綴られた

愛媛県の松山に生まれた子規は、上京して大学予備門（のちの第一高等学校）で夏目漱石と出会い、帝大進学後も終生変わらぬ友情を育んだ。
子規には雅号が五十以上もあり、そのうちの一つが「漱石」だった。夏目「金之助」は親友の子規から「漱石」の名を譲り受けたのだ（159ページ参照）。

子規は松山で英語教師をしていた漱石の下宿で、五十日ほど共同生活を送ったことがあった。

その時漱石が、

鐘つけば　銀杏《いちょう》ちるなり　建長寺

と詠んだのにヒントを得て詠んだのが、この有名な句だ。

柿くへば　鐘が鳴るなり　法隆寺

漱石に旅費を借りて東京に戻る途中、奈良に寄り道して詠んだものだが、子規が食い意地の張った人物だと知ったうえで鑑賞すると、この句への感想もまた変わろうというものだ。

こののち、子規は結核が悪化し、最後の三年は寝たきりの状態になり、そして亡くなった。奈良への寄り道が人生最後の旅となった。

「写生俳句」を提唱、『古今和歌集』を一刀両断!

子規は、事物をありのままに写す「写生俳句」を提唱した。

寝たきりの病床にあっても、句誌『ホトトギス』を創刊し、弟子の高浜虚子《たかはまきよし》らに編集を委ねながら、句会を開く。

また『歌よみに与ふる書』で、やはり写生による短歌の革新にも乗り出す。その中で、『万葉集』や源実朝《みなもとのさねとも》の『金槐《きんかい》和歌集』こそが一流とし、紀貫之《きのつらゆき》や『古今《こきん》和歌集』以降の和歌はダメだと容赦《ようしゃ》なくこき下ろした。

貫之は下手な歌よみにて『古今集』はくだらぬ集に有之候《これありそうろう》。

ここまではっきりと書かれると、むしろ気持ちいいくらいの一刀両断ぶりだ。

子規は、日本に野球が輸入された最初期の熱心な選手でもあり、結核で喀血するまで野球をプレーしていた。ポジションは捕手だ。

実は二〇〇二（平成十四）年に特別表彰の形で野球殿堂入りをしているのだが、その時の「顕彰文」によると、

道後温泉にある正岡子規像。野球のユニフォーム姿

明治二十三年二月、『筆まかせ』の雅号の項に「野球」が初めて見られ、幼名「升」から（のぼーる）と読ませている。

「野球」を「の・ぼーる」と読んだのが、自分の幼名「升《のぼる》」からだったとは……。

「ベースボール」を「野球」と訳したのは、第一高等中学校（のちの第一高等学校）の野球部員だった中馬庚《ちゅうまかのえ》という人だが、「バッター」を「打者」、「ランナー」を「走

者」、「フォアボール」を「四球」などと名づけたのは子規だった。
野球のメンバーは九人。子規の残したベースボールの歌も九首だった。

九つの　ひと九つの　場をしめて　ベースボールの　始まらんとす

正岡子規（一八六七－一九〇二）現在の愛媛県松山市出身。東京帝国大学（現・東京大学）文学部国文科中退。俳句と短歌の革新だけでなく、新体詩、小説、評論、随筆など多方面にわたり創作活動を行なった。『歌よみに与ふる書』で写生による短歌革新に乗り出し、また『ホトトギス』の編集・発行を行なった。死を迎えるまでの約七年間は結核を患い、脊椎カリエスを発症していた。享年三十四歳。

「伝説の劇団」を主宰！言葉の錬金術師

寺山修司

職業は寺山修司《てらやましゅうじ》です。

こう宣言する寺山にとっては、表現手段が大切なのではなく、自分の表現したいものに合った表現手段を取ることが大切だった。

短歌、俳句、詩、作詞、戯曲、脚本、評論……**「言葉の錬金術師」**の異名をとる寺山は、机上の言語創作だけに飽き足らず、劇団「演劇実験室◉天井桟敷《てんじょうさじき》」を結成し、映画『田園に死す』を制作するなど、舞台や映像でもマルチな才能を発揮した。

たかが言葉で作った世界を言葉でこわすことがなぜできないのか。（『邪宗門』）

書を捨てよ、町へ出よう。（『書を捨てよ、町へ出よう』）

寺山はこうした刺激的なキャッチコピーを発しながら若者の心をとらえ、前衛精神溢れる実験を繰り返した。

またボクシングを愛し、競馬に熱中し、馬主になり、日本中央競馬会（ＪＲＡ）のテレビコマーシャルに出演して自作の詩を朗読した。

寺山修司が主宰した伝説の劇団「演劇実験室◉天井棧敷」

天才は天才に触発される

メスのもと　ひらかれてゆく　過去があり　わが胎児らは　闇に蹴り合ふ

これは、夭逝《ようせい》の天才歌人・中城《なかじょう》ふみ子が『短歌研究』の公募に応募して特選を受賞した歌のうちの一首だ（初出時は「ひらかれてゆく」でなく、「あばかれてゆく」）。ふみ子はこの歌を含む第一歌集『乳房《ちぶさ》喪失』で全国歌壇に一大センセーショナルをもたらした。

それは現代短歌の幕開けを告げる画期的な歌集だった。しかしふみ子は乳がんのため、わずか半年の活動期間で亡くなってしまう。まだ三十一歳にすぎなかった。

当時、これを読んで感動した十八歳の早大生がいた。

寺山修司だ。

ふみ子の歌に大いに触発された寺山は、翌年の『短歌研究』で特選を獲得し、「チエホフ祭《さい》」と題された作品で中央歌壇にデビューした。

マッチ擦る　つかのま海に　霧ふかし　身捨つるほどの　祖国はありや

わが撃ちし　鳥は拾わで　帰るなり　もはや飛ばざる　ものは妬まぬ

変人たちを生み出した不思議な「津軽の血」

寺山は、太宰治と同じ青森県の**「津軽地方」出身**だ。

「津軽」といえば、津軽三味線や津軽弁などが有名だが、古くからの歴史と伝統があり、個性的な人材を輩出する土地柄といえる。

太宰の無茶ぶりは前述の通りだが、こうした津軽の血は寺山にも流れていた。

一見、極私的な作品に見せながら、そこに虚構を織り込む。

成り上がるためなら、盗作、剽窃《ひょうせつ》、人を踏み台にする、父や母も含めた自分の過去の改竄《かいざん》……なんでもあり。

不思議な津軽の血だ。

下北半島は、斧《おの》のかたちをしている。（中略）
斧は、津軽一帯に向けてふりあげられており、（『わが故郷』）

頭の上に「斧」の存在を常に意識していたからだろうか、それとも体内に流れる個性的な津軽の血のせいだろうか、寺山のやることは常識外れだ。

・映画のラストシーンで、スクリーンに開けられたスリットから本当に人が飛び出してくる
・『週刊少年マガジン』に連載中だった、ちばてつやの大人気漫画『あしたのジョー』で、登場人物の力石徹《りきいしとおる》が死んだ時、本物の葬儀を行ない、葬儀委員長を務める
・警察に許可を取らずに市街劇をゲリラ的に行ない、役者が逮捕され、寺山も警察に出頭する
・訪問劇の上演地を探して無断で他人のアパート敷地に住居侵入し、逮捕される

などなど……。

全力で駆け抜けた代償は大きかった。肝硬変を発症してこじらせ、敗血症のため亡くなった。まだ四十七歳だった。**「遠くへ行けるのは、天才だけだ」**と言った寺山は、本当に遠くへと旅立ってしまった。

人間は中途半端な死体として生まれてきて、完全な死体になるんだ。（「百年の孤独」）

寺山の言葉を借りれば、生は、死から死への移行にすぎない。

寺山修司（一九三五－一九八三） 青森県弘前市出身。青森高等学校から早稲田大学教育学部に進み、『短歌研究』で特選を受賞して歌壇デビューする。短歌だけでなく、評論、詩、戯曲、映画制作など、マルチに活動した。劇団「演劇実験室◉天井桟敷」の主宰者でもあった。代表作に、評論『書を捨てよ、町へ出よう』、映画『田園に死す』、演劇『邪宗門』などがある。享年四十七歳。

コラム

言文一致運動

近代小説の嚆矢となった作品は、二葉亭四迷の『浮雲《うきぐも》』とされる。この小説では写実主義を追求しただけではなく、初めて言文一致体が試みられた。

「言文一致体」とは、平安時代以来の書き言葉である「文語」ではなく、話し言葉である「口語」に一致させた文体で、日本語で小説を書くことにおいて一大革命ともいえるものだった。言文一致体には次のようなものがある。

・二葉亭四迷……「だ」調（一八八七〈明治二十〉年『浮雲』）
・山田美妙《やまだびみょう》……「です・ます」調（一八八八〈明治二十一〉年『夏木立《なつこだち》』）
・尾崎紅葉……「である」調（一八九六〈明治二十九〉年『多情多恨』）

四迷は言文一致の文体創出のために、初代三遊亭圓朝《さんゆうていえんちょう》の落語を速記法で筆記した口演筆記を参考にしたという。ちなみに、「二葉亭四迷」の筆名の由来は、処女作『浮雲』を卑下して、自身を「くたばってしめえ」と罵ったことによる。

【引用及び主要参考文献】

『文豪春秋 百花繚乱の文豪秘話』ライブ編（カンゼン）、『文豪どうかしてる逸話集』進士素丸（KADOKAWA）、『我が愛する詩人の伝記』室生犀星（中央公論社）、『文人悪食』嵐山光三郎（新潮文庫）、『文士の時代』林忠彦（中公文庫）、『人間臨終図鑑1〜3』山田風太郎（徳間文庫）、『病気と日本文学』福田和也（洋泉社）、『文士と姦通』川西政明（集英社新書）、『文士と小説のふるさと』林忠彦（ピエ・ブックス）、『ちくま日本文学全集』（筑摩書房）

【太宰治】『小説 太宰治』檀一雄（審美社）、『芥川賞を取らなかった名作たち』佐伯一麦（朝日新書）、『芥川龍之介と太宰治』福田恆存（講談社文芸文庫）、『玉川上水情死行 太宰治の死につきそった女』梶原悌子（作品社）、『永遠の太宰治 生誕110年記念総特集』（KAWADEムック）

【三島由紀夫】『新潮日本文学アルバム 20 三島由紀夫』（新潮社）、『三島由紀夫 没後35年・生誕80年』（KAWADE夢ムック）、『三島由紀夫（『別冊太陽』）』松本徹監修（平凡社）、『三島由紀夫全集』三島由紀夫（新潮社）

【川端康成】『川端康成全集』川端康成（新潮社）、『川端康成伝 双面の人』小谷野敦（中央公論新社）

【芥川龍之介】『没後九十年不滅の文豪』（KAWADE夢ムック）、『芥川龍之介全集』芥川龍之介（ちくま文庫）、『芥川龍之介』浅野晃（すばる書房）

【中原中也】『中原中也』大岡昇平（角川文庫）、『中原中也 沈黙の音楽』佐々木幹郎（岩波新書）、『中原中也詩集』中原中也（岩波文庫）、『中原中也全集』中原中也（角川書店）、『四谷花園アパートー文壇資料』村上護（講談社）

【森鷗外】『群像日本の作家2 森鷗外』大岡信ほか編（小学館）、『鷗外と〈女性〉森鷗外論究』金子幸代（大東出版社）、『鷗外の恋 舞姫エリスの真実』六草いちか（講談社）、『森鷗外』石川淳（ちくま学芸文庫）、『森鷗外全集』森鷗外（筑摩書房）、『祖父・小金井良精の記 上下』星新一（河出文庫）

【萩原朔太郎】『萩原朔太郎』大岡信（ちくま学芸文庫）、『萩原朔太郎論』中村稔（青土社）

【梶井基次郎】『梶井基次郎全集』梶井基次郎（筑摩書房）、『新潮日本文学アルバム 27 梶井基次郎』（新潮社）

【谷崎潤一郎】『谷崎潤一郎全集』谷崎潤一郎（中央公論新社）、『谷崎潤一郎讀本』五味渕典嗣・日高佳紀編（翰林書房）
【永井荷風】『荷風と東京　『断腸亭日乗』私註』川本三郎（都市出版）、『小説永井荷風伝』佐藤春夫（岩波文庫）、『図説永井荷風（ふくろうの本）』川本三郎・湯川説子（河出書房新社）
【与謝野晶子】『与謝野晶子　新文芸読本』（河出書房新社）、『与謝野晶子』松村由利子（中公叢書）、『与謝野晶子歌集　与謝野晶子自選 改版』与謝野晶子（岩波文庫）、『与謝野晶子評論集』鹿野政道・香内信子編（岩波文庫）
【北原白秋】『現代日本文學大系 26 北原白秋 石川啄木集』（筑摩書房）、『北原白秋歌集 上下』北原白秋・安藤元雄編（岩波文庫）、『女人追想　北原白秋夫人・江口章子の生涯』杉山宮子（崙書房出版）
【田山花袋】『日本文学全集 10 田山花袋集』田山花袋（筑摩書房）、『文豪エロティカル』末國善己編（実業之日本社）
【島崎藤村】『島崎藤村全集』島崎藤村（筑摩書房）、『島崎藤村』平野謙（岩波現代文庫）
【檀一雄】『檀』沢木耕太郎（新潮文庫）、『火宅の人』檀一雄（新潮文庫）、『父の縁側、私の書斎』檀ふみ（新潮社）、『娘と私　檀一雄エッセイ集（新潮ＣＤ）』檀一雄（新潮社）、『檀一雄全集』檀一雄（新潮社）
【岡本かの子】『かの子の記　新装版』岡本一平（チクマ秀版社）、『かの子撩乱その後』瀬戸内晴美（講談社文庫）、『食魔岡本かの子食文学傑作選』岡本かの子（講談社文芸文庫）、『一平かの子　心に生きる凄い父母』岡本太郎（チクマ秀版社）、『瀬戸内寂聴伝記小説集成　第2巻』瀬戸内寂聴（文藝春秋）、『岡本家の人びと　一平・かの子・太郎（『別冊太陽』）』（平凡社）
【石川啄木】『小説石川啄木　伝説と実像のはざまで』梁取三義（光和堂）、『石川啄木必携』岩城之徳編（學燈社）
【直木三十五】『知られざる文豪直木三十五』山﨑國紀（ミネルヴァ書房）、『直木三十五伝』植村鞆音（文藝春秋）
【夏目漱石】『夏目漱石　百年後に逢いましょう』奥泉光責任編集（ＫＡＷＡＤＥ夢ムック）、『胃弱・癇癪・夏目漱石　持病で読み解く文士の生涯』山崎光夫（講談社選書メチエ）、『父・夏目漱石』夏目伸六（文春文庫）
【室生犀星】『室生犀星全集』室生犀星（新潮社）、『室生犀星』富岡多恵子（ちくま学芸文庫）
【織田作之助】『織田作之助全集』織田作之助（講談社）、『織田作之助　昭和を駆け抜けた伝説の文士〝オダサク〟』オダサク倶楽部編（河出書房新社）、『織田作之助の大阪（コロナ・ブックス）』オダサク倶楽部編（平凡社）

【樋口一葉】『全集　樋口一葉』樋口一葉（小学館）、『現代語訳　樋口一葉』秋山佐和子（山梨日日新聞社）、『日本文学（墓）全集　時どきスイーツ』安堂友子（ぶんか社）、『一葉の日記』和田芳恵（講談社文芸文庫）、『一葉　樋口夏子の肖像』杉山武子（績文堂出版）、『一葉伝　樋口夏子の生涯』澤田章子（新日本出版社）

【種田山頭火】『種田山頭火の死生　ほろほろほろびゆく』渡辺利夫（文春新書）、『新訂俳句シリーズ・人と作品7　種田山頭火』松井利彦（桜楓社）

【有島武郎】『有島武郎全集』有島武郎（筑摩書房）、『有島武郎事典』有島武郎研究会（勉誠出版）、『有島武郎　人とその小説世界』上杉省和（明治書院）

【泉鏡花】『鏡花幻想譚』泉鏡花（河出書房新社）、『鏡花全集』泉鏡花（岩波書店）、『新潮日本文学アルバム 22 泉鏡花』泉鏡花（新潮社）、『ちくま日本文学 11 泉鏡花』泉鏡花（筑摩書房）

【高村光太郎】『紙絵と詩　智恵子抄』高村光太郎（社会思想社）、『高村光太郎詩集　改版』高村光太郎（岩波文庫）、『智恵子抄』高村光太郎、『智恵子抄その後』高村光太郎（以上、龍星閣）、『光太郎と智恵子』（とんぼの本）』北川太一他（新潮社）、『小説智恵子抄』佐藤春夫（日本図書センター）、『大東亜戦争と高村光太郎―誰も書かなかった日本近代史』岡田年正（ハート出版）

【宮沢賢治】『宮沢賢治　新文芸読本』（河出書房新社）、『宮沢賢治ハンドブック』天沢退二郎編（新書館）、『新書で入門　宮沢賢治のちから』山下聖美（新潮新書）

【武者小路実篤】『武者小路実篤全集』武者小路実篤（小学館）、『新しき村の誕生と生長』武者小路実篤（新しき村）、『人生は楽ではない。そこが面白いとしておく。武者小路実篤画文集』武者小路実篤（求龍堂）

【中島敦】『中島敦　生誕100年、永遠に越境する文学』（KAWADE道の手帖）、『中島敦・光と影』田鍋幸信（新有堂）、『中島敦の遍歴』勝又浩（筑摩書房）

【坂口安吾】『坂口安吾　風と光と戦争と』（KAWADE夢ムック）

【尾崎紅葉】『金色夜叉　上下』尾崎紅葉（新潮文庫）、『多情多恨　改版』尾崎紅葉（岩波文庫）

【菊池寛】『菊池寛　話の屑籠と半自叙伝』菊池寛（文藝春秋）、『天才・菊池寛 逸話でつづる作家の素顔（文春学藝ライブラリー）』（文藝春秋）
【志賀直哉】『昭和文学全集3 志賀直哉 武者小路実篤 里見弴 宇野浩二』（小学館）、『志賀直哉全集』志賀直哉（岩波書店）
【佐藤春夫】『佐藤春夫読本』辻本雄一監修・河野龍也編著（勉誠出版）、『退屈読本 上下』佐藤春夫（冨山房百科文庫）
【正岡子規】『仰臥漫録』正岡子規（岩波文庫）、『正岡子規　俳句・短歌革新の日本近代』（KAWADE道の手帖）
【寺山修司】『「演劇実験室天井棧敷」の人々――30年前、同じ劇団に居た私たち』萩原朔美（フレーベル館）、『回想・寺山修司　百年たったら帰っておいで』九條今日子（角川文庫）、『思い出のなかの寺山修司』萩原朔美（筑摩書房）、『寺山修司　天才か怪物か（『別冊太陽』）』九條今日子・高取英監修（平凡社）

【写真提供】共同通信社（p.29、31、37、95、126、225）、国立国会図書館ウェブサイト（p.120、253）、テラヤマ・ワールド〈撮影：須田一政〉（p.269）、日本近代文学館（p.23〈撮影：渡辺好章〉、47、57、69、77、83、101、107〈撮影：田中善徳〉、135、149、165、173、183、190〈有島武郎　撮影：小川一真〉、201、210、244、263〈撮影：三宅雪嶺〉）、フォトライブラリー（p.122、237、266）、文藝春秋社（p.218）

本書は、本文庫のために書き下ろされたものです。

眠《ねむ》れないほどおもしろいやばい文豪《ぶんごう》

著者　板野博行（いたの・ひろゆき）
発行者　押鐘太陽
発行所　株式会社三笠書房
〒102-0072 東京都千代田区飯田橋3-3-1
電話　03-5226-5734（営業部）03-5226-5731（編集部）
http://www.mikasashobo.co.jp
印刷　誠宏印刷
製本　ナショナル製本

 ISBN978-4-8379-6938-9 C0195

王様文庫

王様文庫

板野博行の“古典ロマン”シリーズ！

眠れないほどおもしろい百人一首

百花繚乱！　心ときめく和歌の世界へようこそ！　恋の喜び・切なさ、四季折々の美に触れる感動、別れの哀しみ、人生の儚さ、世の無常……わずか三十一文字に込められた、日本人の〝今も昔も変わらぬ心〟。王朝のロマン溢れる、ドラマチックな名歌を堪能！

眠れないほどおもしろい源氏物語

マンガ&人物ダイジェストで読む〝王朝ラブ・ストーリー〟！　この一冊で、『源氏物語』のあらすじがわかる！　光源氏、紫の上、六条御息所、朧月夜、明石の君、浮舟……きっとあなたも、千年の時を超えて共感する姫君や貴公子と出会えるはずです！

眠れないほどおもしろい万葉集

ページをひらいた瞬間「万葉ロマン」の世界が広がる一冊！　＊『万葉集』の巻頭を飾るのはナンパの歌!?　＊ミステリアス美女・額田王の大傑作は「いざ出陣、エイエイオー！」の歌　＊中臣鎌足の〝ドヤ顔〟が思い浮かぶ歌……あの歌に込められた〝驚きのエピソード〟とは!?

K30528